鸟与花

李磊的诗

图书在版编目（CIP）数据

剑与花——李磊的诗/李磊著. —南京：南京大学出版社，
2021.9
ISBN 978-7-305-24828-3

Ⅰ. ①剑… Ⅱ. ①李… Ⅲ. ①诗集－中国－当代
Ⅳ. ①I227

中国版本图书馆CIP数据核字（2021）第185785号

出版发行　南京大学出版社
社　　址　南京市汉口路22号　　邮　编　210093
出 版 人　金鑫荣

书　　名　剑与花——李磊的诗
作　　者　李　磊
责任编辑　徐　楠　　　编辑热线021-65053972

印　　刷　上海盛通时代印刷有限公司
开　　本　880×1230　1/32　印张9.5　字数190千
版　　次　2021年9月第1版　2021年9月第1次印刷
ISBN 978-7-305-24828-3
定　　价　58.00元

网　　址　http://www.njupco.com
官方微博　http://weibo.com/njupco
官方微信号　njupress
南大悦学公众号　NJUyuexue
销售咨询热线　025-83594756

序：归来依然是少年

陈　希

　　1980年，艾青把他恢复创作后的第一本诗集命名《归来的歌》。其实归来的不止艾青，还有许多20世纪50年代活跃在诗坛的诗人，因政治原因而中断了创作，平反后重新提笔，回归诗坛，形成20世纪70年代末、80年代初引人瞩目的"归来诗群"。归来者是当代文学史上独特的一群，谱写了诗歌艺术的辉煌篇章。"归来"是一个很有意思的诗歌现象，一直延续至今。20世纪80年代席卷全国的诗歌运动涌现成千上万的青年才俊，后受自身或时代的原因在90年代中断了诗歌创作。但几乎是二十年之后，人到中年，他们如同候鸟般不约而同地回归创作，以笔为旗，高扬年轻时期的审美追求，激活诗歌精神，行走在诗歌阵营前沿，形成诗坛"梅开二度"的别样景观。

　　李磊，就是其中之一，从学界归来，不忘初心，重振诗风。李磊是20世纪80年代很活跃的诗人，是大学诗歌活动有影响力和号召力的组织者。最初受著名诗人曾卓的关爱和鼓励，后得到诗评家赵国泰的指导和帮助，与郭良原、高伐林、王家新、华姿以及张小波、宋琳、潘洗尘、辛磊、林雪等武汉及全国各地青年诗人有切磋和交流。李磊在《诗刊》《星星》《长江文艺》《人民日报》《芳草》《飞天》《中国日报》等报刊上发表诗歌近百首，一些诗作入选《中国新诗年编》（1983）、诗刊社编辑的《中国诗歌年鉴》（1985）和多种校园诗歌选集。李磊的诗歌率性而作，以情感人，关注现实，质地坚实饱满，在艺术上与 80 年代"激情／想象"的诗风保持了高度一致，在同代人中具有代表性，曾获《飞天》"大学生诗苑"诗歌奖，湖北"楚天杯"诗歌比赛一等奖等。然而，这样一位有理想、有才华的杰出青年，却在 20 世纪 80 年代末挥手告别诗歌创作园地，转身走向诗学研究和诗歌翻译。李磊的转向有个人和时代两方面的原因：就个人而言，他大学本科毕业后，考取研究生，主要在高校从事英语文学的教学、研究和古典诗歌翻译工作，专业工作促使他由诗歌创作转向学术研究；但更重要的是，计划经济向市场经济转型带来的时代语境和诗歌审美的变化，引起李磊的反思和不适。

20 世纪 80 年代后期，盛极一时的新诗潮诗歌运动落下帷幕。以前的一些诗歌观念、审美方式可能不再成为主流而变为末流乃至被弃绝，以精神探索为己任、引领时潮的诗歌开始边缘化。80 年代诗歌与 90 年代诗歌分属两种不同的写作范式：从情感到意识，从激昂的青春写作到冷静的中年写作，从浪漫主义的感伤到现实主义的自嘲，构成了两个时代诗歌创作的不同特征和走向 [1]。90 年代的诗歌在社会变革过程中重新寻找出路，在离经叛道中呈现出多元多向发展的可能。逃避现实、向内转的个人化写作，强调生命的原生状态的口语诗；庸常化、反审美的逃逸性；碎片化写作，这些变异使得不少诗人对诗歌审美提出怀疑，产生困惑和不满。诗歌阵营开始分流和转向：一些诗人弃诗而去，或下海经商或从事其他行业；一些诗人在不背离诗歌精神，或不完全放弃

----

[1] 臧棣《90 年代诗歌：从情感到意识》，《郑州大学学报》1998 年第 1 期。

诗歌创作的前提下，转而从事其他文体的写作，如邵燕祥、舒婷、傅天琳、周涛等从诗歌转向散文创作；还有一些诗人则暂停"非诗"时代的"不合时宜"的诗歌写作，转向诗学研究，从事学术写作。

　　"六载观摩傍九夷，吟成舌舌总猜疑。唐贤读破三千纸，勒马回缰作旧诗"。闻一多以写新诗起家，却在诗名鼎盛之时转入古典诗学研究，"我的唯一的光明的希望是退居到唐宋时代，同你结邻而居，西窗剪烛，杯酒论文"[1]。闻一多把对于西方形式新诗的观摩与学习比喻成鹦鹉学舌，逐渐认识到研究唐诗、创作旧诗的重要，这种情形与李磊的转向近似。作为 20 世纪 80 年代诗歌创作的中坚，李磊在 90 年代转向评论、翻译等学术文体的写作，专心致志，孜孜以求，取得了可观的实绩。怀着对诗学的敬畏和虔诚，他发表近百篇论文，出版十多本著作和教材，翻译两本古典诗集，声誉鹊起，成为知名教授，担任大学外语学院院长。这些成就体现了他的勤勉、才识和诗人性情。特别是他的论文，深刻的理论分析与独到的审美感悟结合，读来总能触动内心，感受到丰沛的人文精神。李磊有一种诗歌赤子情怀，一直坚持思考和写作。近年迎来诗歌创作的爆发，契机是 21 世纪网络诗歌写作。当下中国，网络科技迅猛发展，日新月异。"现代科技"与"民间力量"相结合，冲击了传统纸媒一统天下的局面，诗歌生态系统进行了整体性的重新调整，边界和自由度扩展或提高，爆发出了前所未有的活力与创造性。李磊已过天命之年，功成名就，但心灵更需要滋润、精神更渴望攀升。余波犹在，余热尚存，初心不改，他追逐年轻时代的梦想，激情满怀，执着追求诗歌艺术，努力建构精神之塔。

　　1　1923 年 1 月致梁实秋信，《闻一多全集》第 3 卷，三联书店 1982 年版，第 587 页。

诗在风上筑巢，灵魂的故乡永新。新的时代带来了新的生活，以及新的经验结构、新的想象方式。李磊在"中国诗歌网""七剑诗群"等网络平台创作发表诗歌。2017年发表的《我的巴河》，是停笔二十多年后的重返诗坛的第一组诗，在"中国诗歌网"头条刊发，反响热烈。他和澳门大学龚刚教授联袂主编的《七剑诗选》引起诗坛和各界关注，好评如潮。《剑与花》是李磊新近创作的诗歌结集。诗集题材广泛，有红色故事、历史感怀、故乡回忆、亲情友爱、父母思念、现实关怀、艺术感悟、人生哲理等。从创作手法和艺术追求来看《剑与花》随物赋形，境随心转，闪耀诗歌智慧和人性光辉，各呈其美。文辞和表达亦多变，有的意气风发、刚健豪迈，有的遒劲犀利、直面人生，有的缠绵空灵、低回婉转，有的直抒胸臆、奔放雄奇，但总体上情真意切，质朴明快，洗练洒脱，自然、纯净而浪漫。

好诗使生命发光，能在幽暗中看到跳动的光泽，在孤独中听到奇妙的声音。李磊诗歌最动人、最深刻的是关于家乡和情爱的抒写。乡情和爱情，是诗歌抒写的两大永恒主题，古今中外概莫能外。故乡是灵魂的家园，爱情是生命绽放的花朵。"愿有岁月可回首，且以深情共白头"，如果没有灵魂的皈依和精神的家园，就失去了创作的动力和源泉，很难写出好作品来。诗歌中的故土和异性抒写，远远超出地理概念和个体意义，产生无穷的审美愉悦和无尽启迪。"巴河是我曲折的影子／是家，是爱和归宿"（《谈起巴河，我泪流满面》），李磊的家乡是湖北浠水巴河，"巴河水奔淌在我的血液之中"[1]。他的父亲姓陈，早年从浠水巴河投身革命，后来逝世归葬巴河。李磊每年清明节"从很遥远的地方回来

1　龚刚、李磊主编《七剑诗选》，暨南大学出版社2018年版，第90页。

祭拜"，"巴河上的油菜花开得很艳／满山遍野，比往日什么时候都要艳"（《清明节祭奠父亲》）。

巴河位于浠水县西南部，地处长江与巴水河交汇处。巴河镇历史悠久，人杰地灵，明末宰相姚明恭，清末状元陈沆，现代著名爱国诗人、学者、民主斗士闻一多等都出生在这里，唐代刘禹锡《游清泉寺》、宋代苏轼《浣溪沙·山下兰芽短浸溪》所写就是巴河附近千年古刹清泉寺，现为闻一多纪念馆所在地。巴河给予李磊生命，塑造他的性格、命运，锤炼他的心灵，"赋予了他的诗歌的略带低沉而有明亮，忧伤而又欢乐的宝贵底色"[1]。但李磊从小生活在湖北蕲春，在东长街 264 号外婆家长大，直至到省城武汉上大学。他父亲在剿匪中受伤，留在蕲州康复，认识了他的母亲，婚后留在蕲春工作生活。"东长街 264 号，是我童年的家／痛苦而温存，两间黑屋子／一盏油灯和一些厚书"（《东长街 264 号》）。蕲春县位于湖北省东南部，北倚大别山，南临长江，风光秀丽，是著名的"教授县"，以人才辈出著称。蕲春是明代医圣李时珍故里，是国学大师黄侃、文学评论家胡风的家乡。李磊满怀挚爱，写有《我的故乡是蕲州》《车过蕲州》《归来了，蕲州》《我的年味是痛的味道》等十多首关于家乡的诗歌。"我生命里的一切／就是故乡教会我的／孤独中的自由，忧伤里的坚韧／还有长江上的月亮／它护着我扛着小木箱远走他乡"（《我的年味是痛的味道》）。从不羁少年的轻狂与青涩到青春岁月的蜕变与成熟，李磊的诗性都是青少年记忆中渗透出来，所表达的思乡之情，不是那种软绵绵的"乡愁"，而是连结亲情乡情、故事、建筑、风俗、命运，有生命的质地和生动的场景。这种乡愁是个

---

1 耀旭《巴河之子》，微信公号《当代诗歌实践与探索》2017 年 11 月 8 日。

人体验和记忆，但不狭隘，而是博大的、温暖的。

"巴河"与"东长街264号"，是李磊诗歌的重要场景和空间意象，分别象征浠水和蕲春。两地相邻，好学重教，文风很盛，有蕲河贯穿，同属黄冈市所辖区县。浠水原名蕲水，与蕲州同字，但这两个家乡意象在李磊诗歌中启示的意义有别。蕲州培育的文化禀赋是崇尚文明、向往科学、勇于探索，浠水滋养气质的文化气质是灵秀浪漫、开拓创新、自强不息。两者有交合的内涵，但蕲州取向于理性和现实，蕲水偏重感性和浪漫。前者显现李磊诗歌的写实和质感，一种行囊在眼前的美丽忧愁："瘦弱多病，我熟悉蕲州／如同熟悉背上的伤疤"（《我的故乡是蕲州》）；后者张扬激情和想象，一份流云在天边的幸福期盼："巴河的桃花开得很艳／粉红与嫩白，开遍了好些个村庄"（《巴河桃花艳》）。这种审美对照也许与他父母的性情差异和影响有关，巴河维系父亲的精神，象征远方和希望；东长街代表母亲的家园，寓意现实和追求。

爱情是生命之花，美丽动人。"你我之间，长不出一棵树／连一颗草也长不出来，扭曲结疤／风也休想从裂缝中侵入"（《爱》）。李磊享有并享受珍贵难得、令人羡慕的爱情，并以真诚而具有探索精神的笔触对爱恋的心路历程进行的描绘和拷问，"这样的今天，说句爱你／是多么不容易"（《今天说句爱你，是多么不容易》），"趁着我们还纯真的时候／把爱写出来，还有动作的记忆"（《结婚纪念日》），追求感性与理性的深度融合，历史与个人的深切观照，呈现出意境开阔、诗情饱满的特色，成为反抗现实、升华生命的一种精神努力。爱情没有一成不变的模式，因时代和个人不同而有异，有欢乐也有痛苦，有纯真也有压抑，有炙热也有含蓄。爱情的多种多样，使得诗人笔下的爱情诗也千姿百态。李磊的爱情诗内容和风格多样，但比较而言大多是抒写欢乐、纯真和炙热，诗歌审美方式有浪漫和柔情，含内省与自嘲，或坚定和自信："这一次我真的听懂了海的声音／浪花飞溅在礁石上，像破碎的音乐"（《这一次我真的听懂了海的声音》）；"别以为是什么缘分／或者上天注定，爱是一种偶然／在某一时刻，如两朵牵牛花／胡乱牵扯在一起"（《结婚纪念日》）；"是谁陪我，走过这一生的梦与灾难／除了你，还有谁？"（《今天，我们一起去看桃花》）。

　　与一般爱情诗多描写爱情过程和"甜蜜的忧愁"不同，李磊的爱情诗主要抒写爱情结果和美好浪漫。韩愈《荆潭唱和诗序》曰"欢愉之辞难工，而穷苦之言易好也"[1]。快乐与痛苦是人类生命中最重要的两种元素，笑过也许转瞬即忘，哭过永远难以忘怀。爱情经历过风雨和波折，艰难困苦促使彼此握紧双手，不离不弃。但爱情有时经不起灿烂之后的"平淡"，很多情侣可以共苦，最后却败给了同甘。侧重抒写爱情"欢愉之辞"，这是李磊爱情诗歌的与众不同之处。"我们第一次遇见，在破损的车站／阳光热烈，天空不是一般的蓝／这一天，怪我在人群中多看你一眼"（《我们遇见》），这是一见钟情式的浪漫和纯真。"这个时代，是爱就值得歌唱／因为它美，因为它脆弱"（《结婚纪念日》）这是直面现实的执着和深刻。"多少年了，平淡的生活／使我变得实在，没有幻想／也没有悲伤，爱情／如一杯茶，平平淡淡／也尝不出什么苦涩或甘甜／此时，我却有一股激情／想拥抱她一下，重复

　　1　《韩昌黎文集校注》卷4，马其昶校注、马茂元整理，上海古籍出版1986年版，第262—263页。

久违的动作"（《整个秋天》），这是平淡中的相守和真情，真切感人。只有体验真切的爱情，饱蘸最浓烈的情感，才能写出触动人心的情诗。

在李磊的诗歌中，家乡记忆与现代文明、欢愉之辞与穷苦之言并没有被处理成一种矛盾关系，而是共生于诗人的生命感悟中，或者说李磊通过自己的感受将这种的对立转化为一种情感体验的张力。李磊将诗歌体验融进生命追求，反过来说，他的生活艺术化、生命诗意化。他的写作似乎处于这么一种状态：有什么就说什么，想什么就写什么，很接地气。凡人琐事、日常情景、历史风物，经过想象和点化，慧眼独具，自下而上，提炼升华，高远深刻，诗意盎然。正如波德莱尔所言：一首好诗使人流泪，这只是表明"一种在不完美之中流徙的天性，它想立即在地上获得被揭示出来的天堂"。地上与天堂、传统与现代、庸常与诗意、生活与艺术、乡村与都市、欢愉与穷苦、浪漫与现实、瞬间与永恒、特殊与普遍，李磊诗歌的悖论表达与审美张力，以单纯的意象、简练的语言、通俗的抒写，抵达最深刻独到、最玄妙幽暗的领域，信手拈来、自然天成的意象与空灵超卓、直逼本质的直觉感悟能力，构成诗歌艺术的现代性品格。

波德莱尔在《现代生活的画家》中指出："现代性就是流变、转瞬即逝和偶然；现代性是艺术的一半，艺术的另一半是永恒和不变。"现代艺术由互相矛盾的这两个"一半"构成的悖论，造就了艺术真理的"不断生成、不断流变"的生生不息的本性与动力。诗集名为《剑与花》，李磊解释有两个原因：自己是"七剑诗群"中的花剑；工作、生活在花城广州。但我首先联想到鲁思·本尼迪克特的《菊与刀》："菊"是日本皇室家徽；"刀"是武家文化的象征,正好契合日本人的矛盾性格和日本文化的双重性。"花"与"剑"概括和揭示李磊诗歌的悖论审美方式和艺术张力。

优秀的诗歌可以清澈见底,却同时又深而难测,如天边飘动的云彩,引起惊叹和遐想无限。平凡铸就伟大,卓越出自卑微。"尽量把诗写得美些,搞些留白/每一首诗都有花朵和风雨"(《写在诗人节》),这是李磊收入本诗集的诗句,灵动而浪漫玄妙,自信且睿智,审慎有思力。李磊1982年发表处女作《我来自北方》,当年那个鲜衣怒马、挥斥方遒的青年,已届天命之年,一路行来,阅尽沧桑,感情更深了。这是变,又是不变。变的是行文遣词的理性平和,不变的是骨子里对这个世界的热爱与企盼。"我习惯与一切保持距离/留下生命的空白,一首诗的空白/在月光下,保持想象的样子"(《习惯》),这就是身居广州的李磊,内省、率真而执着,世事洞明,诗心不老,激情依然。"谁道人生无再少?门前流水尚能西!"李磊,蕲水巴河之子、蕲州东长街男孩,归来依然是少年。

是为序。

2021.2.于广州中山大学

目　录

序：归来依然是少年

第二辑 我的故乡是蕲州

第三辑　最美的你

第五辑　发生在身边的事情

第一辑

红色土地之红

1　国歌响起

这辈子我唱的最多的歌

就是国歌，每一次都站着唱

唱得热血沸腾

眼睛里弥漫烽火硝烟

在中华民族最危险的时候

用血肉筑起新的长城

我从小就有当兵的情结

这种英雄情结每个人都有

一颗红星头上戴

革命的红旗挂两边

还可以站在霞光中唱国歌

可惜我身体瘦弱，眼睛近视

所以，我只能当最小的兵

那时的我，心地纯洁

如蓝天和白云一样纯洁

戴着红军帽，唱着国歌正步走

现在我依旧唱国歌

还是站着唱，心地依旧纯洁

热血沸腾，不愿做奴隶

我觉得这是一种仪式

是我生命的一部分，唱着国歌

血液会急速流动

什么高血压、痛风等等疾病

就突然消失不见

因此，特别在我顾影自怜

看不到希望的时候

就唱国歌，雄壮的旋律如流水

洗刷内心的懦弱

有一次，在父亲坟前

我也唱国歌，很多人很诧异

他们不知道父亲是军人

国歌是他战斗的口号

他生命里的酒

我高声唱国歌，是想告诉他

我没有忘本，恪守他一生的光荣

2 船

船最初的定义，就是
能渡过风浪
在大地遍体鳞伤的时刻
船往往是最后的选择
因此，那十三个年轻人
便毫不犹豫地登上一只船
完成宏伟的梦想

那只船依旧行驶在浪中
并把崇高的理想带到了岸上
十三个人，在四面八方
沉重地走着
他们的手握着一滴南湖之水
滋润挥舞铁锤的手
打湿那些握着镰刀的手
许多嘴唇干渴的人们
也情不自禁地把手伸向他们
那滴水在大地的纹络里流淌着
终于汇成一股洪流
冲垮了一个腐朽的阶级

因此在今天，每当我想渡过

心灵痛苦的时刻

我便去寻找一只船

停靠在那一只船的旁边

我感到船上的灯是那样的明亮

我的眼睛消失黑暗

船下的水是那样的温柔

我的心得到安宁

有时灯光烧痛了我的眼睛

水滴凝成了我的眼泪

那只是对我最原始的意志

给予火与水的考验

一只船载来一个新生的阶级

在和平的土地之上

我们自由地品尝爱情

再没有什么能使一个民族

感到失望，使心灵感到失落

因为那只船

永远行驶在中国的最前头

3 人民诗人

革命的红，从韶山冲的田埂上

您平平仄仄地走来，收集

人民的眼泪，把火炬种植在手上

工农是您最忠诚的读者

如一只早起的鸟

您站在南湖船头，声音浑厚

告诉挨饿的民族：

谁是我们的敌人，谁才是朋友

夜晚越是黑暗，您的眼睛越是明亮

您问苍茫大地，谁主沉浮

您点燃星星之火，坚信可以燎原

汇集穷人的怒火

烧毁那个掠夺成性的阶级

流浪的苦，您从橘子洲头

走过西江明月

井冈山的鼓角，黄洋界的炮声

渔家傲一韵到底，唤起工农千百万

您把理想和粮食分给泥腿子

漫漫长征，也不知道走向哪里

五岭逶迤，乌蒙磅礴

金沙水拍云崖暖，大渡桥横铁索寒

您挥笔写大诗，在天地间朗诵

首联是湘江的水，红军的血

颔联是遵义城的明灯，娄山关的残阳

雄关漫道真如铁，而今迈步从头越

您吟诵悲壮的颈联

水草地的沼泽，夹金山的冰峰

六盘山天高云淡，延水河红旗漫卷

不到长城非好汉

您完成世界上最恢宏的浪漫对仗

理想的美，您在宝塔山下求索

中国，该向何处去？

您酝酿诗的尾联，节奏铿锵有力

平型关千山万壑

大刀向鬼子的头上砍去

钟山风雨，百万雄师

宜将胜勇追穷寇，天翻地覆慨而慷

此时，您又浪漫了一回

江山如此多娇

须晴日，看红装素裹，分外妖娆

数风流人物，还看今朝

忧心的您，要去北京城赶考了

革命者决不学李自成

务必戒骄戒躁，艰苦奋斗

终于，伟大的人民诗人
把最雄壮的尾联向全世界宣告：
中国人民从此站起来了

4 进行曲

我们这代人是唱着进行曲长大的

听不惯绵软的曲调

没押韵的歌词，就像落地的桃花

或无根的水，不知魂归何处

尤其缺少英雄气

进行曲就具有英雄气

有人说，在没有英雄的年代

我们活得要像个人

人民军队里就有无数英雄

他们是时代的骨头

血液里流淌进行曲节奏

所以他们不怕困难，勇于牺牲

进行曲铸就民族魂

比如：义勇军进行曲，歌唱祖国

黄河大合唱，毕业歌

还有志愿军雄赳赳，气昂昂

这些伟大的旋律总让人热血沸腾

特别在人间劫难时刻

在生死关头，唱着进行曲

我们就有拼命的勇气

而我还是渴望昕到流行歌曲

尤其是爱的歌曲

如果每天我们都在唱

该是多么幸福，有流水的美

有和平的美，还有月亮般纯净的美

这更是我想要的

平安、快乐，美丽的祖国像花园

5 火　炬

一支火炬开放在大别山
幽深的密林，这梦想的花朵
是黑暗与理想
构成的光芒，痛苦而高昂
它诞生在一只勤劳的
大别山之手
用飘忽不定的语言
与每一位迷路者温情对话

我听到它燃烧的声音
带有血丝的低泣
是过去的伤疤在隐隐作痛
有节奏的摆拂之间
是心灵永不屈服的力量
如一支金色麦穗
摇晃在饥饿者的唇边
在播撒爱情的夜里
它是一位粗糙的男性
或者是波浪般柔美的女性
它是太阳落下的一滴泪
在大别山人朴素的眼窝里

萌生满足与存在

它不驯的卷发，有风的形状
它雪松的影子，照亮我年轻的诗
当我走进它的闪烁之中
那只红色的手
便抚摸我的伤疤与忧郁
让十二月白雪
洗去我钻心的痛
它不是一缕光，也不是一盏灯
而是漫长疼痛之后
一块黑夜的水晶
沉重的光把梦想的种子
撒落在每一棵树底下
是对危险或者死亡
或者期待的一种孤独暗示

6 聂 耳

聂耳是伟大的，他谱写了国歌
激越的旋律唤醒同胞
他完全没有想到，义勇军进行曲
把绝望的灵魂都喊了回来
这首歌来自他的心底
是他的血在流动
是无数风云儿女的血在流动
还有他们的眼泪
所以，唱这首歌不需要技巧
只要有苦难，有希望，不屈服
就能唱得泪流满面
多少年过去，每当国歌响起
我就想起聂耳，他是古老民族
最灵敏的耳朵，他在倾听
哭声、笑声和呐喊声
还有中国人的磅礴心跳
他活在祖国的耳朵里
活在悲壮的音符里，在大地回响
他的生命如流星，划破黑暗
如一只鸟在时间里冲刺
聂耳是最亮的星
照耀伟大的人民前进、前进进

7　诗人田汉

国歌响起，我就看到田汉

他喊同胞们起来，不要做奴隶

万众一心，冒着炮火前进

最警醒的歌词是

中华民族到了最危险的时候

田汉的一生就充满危险

曲折得如一幕悲剧

他为悲剧而生，是当代的关汉卿

他的窦娥冤就是他自己

六月飘雪，血溅白练

他宁愿歌词改得面目全非

也不屈服，不出卖灵魂

他是真正的诗人

我一直认为，能写出这样

慷慨悲歌的人，一定是诗人

充满激情和反抗

把人间悲喜剧用诗歌表现出来

他写的梅雨就是这样

还有回春之曲

田汉最伟大的诗就是国歌

中华民族之歌，每当国歌响起

田汉就活了回来

好多迷失的灵魂也活了回来

因为，这个世界依旧风云变幻

8 没到过黄河，你哪知黄河的伟大

——重温经典《黄河大合唱》

没到过黄河，你哪知黄河的伟大

巨浪卷狂飙，飞洒月光寒

黄河上最有故事的人

是船夫，世上最穷的汉子

裸露全部线条，划哟，划哟

在浪头上划过一生

活着结成九曲连环，咆哮万里霜雪

死后埋进风沙，积水穷尽天涯

他们渡过背井离乡的男人

救过在河边呻吟的女人

掩护过四面八方救亡的学生

一生最伟大的成就，是把中国军人

拉到敌人的后方去，与鬼子决一死战

没到过黄河，你哪知黄河的伟大

落天走东海，筮筱悲不还

最雄壮的歌声是《黄河大合唱》

人民的儿子冼星海，脱去洋装

含一口白糖，弹奏中国最磅礴的旋律

它聚集黄水谣的仇怨

古长城的号角，太行山的誓言

在天地怒吼：保卫黄河，保卫全中国

别时提剑救边去，人今战死不复回

没有哪一个民族，像黄河一样

用死亡的鲜血染红侵略者的刺刀

没有哪一双铁臂，像黄河一样

掐断敌人的脖子，在浊水里同归于尽

没到过黄河，你哪知黄河的伟大

细雨惊飞鸟，烟波问秋色

黄河上最美丽的苍鹭是诗人

王之涣看黄河远上，一片孤城

欲穷千里目，更上一层楼

李太白惊呼黄河之水天上来

金樽对月，还是一副飘逸的傲气

天生我才必有用，千金散尽还复来

写尽江南的东坡先生

沿着昆仑气脉，试问青天路短长

杏花春雨更增添惊涛豪情

就连最风流的温庭筠也走出勾栏瓦舍

在连天怒涛里，听大响殷雷

黄河终于把无用的文人

变成策马勇士，苦难的中国

在阳光和波光里沉浮

吸收天地的精气

千年一清圣人在，何必劳君报太平

在伟大的摇篮里，相爱并且繁衍

直上银河，同到牵牛织女家

共和国不会忘记，浪尖上走来

黄河少年光未然

高峡瀑布，发出时代的最强音：

中国人民是不可战胜的

9　我爱你，中国

第一次说爱你，我把你比作母亲

在冬日，你是我的厚棉裤

我的血不会变冷

在秋天，你是冷雨中的一把伞

在灼热的阳光下

你是一根五分钱的冰棒

我在作业本上描写你

静静的湖泊，蓝蓝的天

夕阳下的桃花柳影，穿长衫的

雅韵风流，五千年铁马金戈

无限江山，看不尽的美

深藏我少年的心中，让我魂牵梦绕

再一次说爱你，我还是把你比作母亲

美丽的眼睛泛着泪光

一枝兰草花，清香而苦涩

你是闪亮的锄头，在春雨中

播撒种子和爱情

你是漫漫长夜的一盏灯

照亮我泥泞的道路

你让我喝酒、沉默还有写诗

孤独中品尝悲伤
年少轻狂的我，始终抓不住
你变幻的影子
我穿过城市的街道，熙攘的人群
用七色的油彩涂抹我的面具
在半醉半醒之间
我的祖国，你依然让我魂牵梦绕

以后，无数次说爱你
我把你比作妻子，在寒夜里
为我编织粉红的手套
一条清澈的溪流，温暖而纯粹
一缕羞涩的光芒
赋予我原始的力量
空虚的时候，你是一只手
抚慰我，饥渴的时候
你是一杯水，滋润我干裂的嘴唇
我的灵魂和你紧紧相挨
仿佛两只眼睛，眺望故乡和未来
孤独时想你，浮华时想你
流浪时想你，幸福时更想你
在我平凡的一生中
我的祖国，你永远让我魂牵梦绕

10 梅关古道

有时候，踏上一条崎岖的山路

脚步沉重，姿态扭曲

如果再读三章绝命的诗

那注定是一段不朽的传奇

枫叶秋影，飞雁雄关

腊梅在寒风里开放

花朵坚硬，枝条指向天空

没什么香味，花瓣沾满英雄的血

革命的诗人与香艳和奢华无关

注定与血雨和断头有关

与创业和烽烟有关

这是古中国最悲壮的故事

这种伤痛来自迷雾

来自形同陌路的熟人

在动荡中或许需要更加警惕

越是生死时刻，人越是面目全非

迷幻的风景，雾里看花

完美得最不真实

梅关古道，雾云古刹

木棉袈裟，最震撼的还是梅岭三章

是乐观与自由

真正的诗人，在生命的关口
从来都不畏死，更不畏生

11　纪　念　碑

很多人影在沉默中晃动
有一注目光在碑石上停留
寻找熟悉的那一块
南国的红木棉
血凝的岩石和高傲的头颅
此刻也自然地失去高度
野菊花似乎在风中说些什么
总之，血液已经开放

为一种理想而攀登高峰
许多生命却在山坡间消失
凝成树和石头
我相信纪念碑宽大的底座
有一块就是你
鲜血流出缝隙，使泥土生辉

每个清明，我都会看到
许多父亲和母亲
站在长长的碑影里
点燃蜡烛和纸钱，这一回
儿子没有从浮雕里出来

他们已走入共和国记忆的深处
名字和声音悬挂在
某一棵松树下
已被时间和冷雨覆盖
作为儿子，永远对父母怀有内疚
作为战士，却是一杆枪
时刻为祖国复仇

多少母亲用泪水打湿白发
却把稚嫩的孩子
交给了祖国与战斗
多少生命攀援着梦想
如今已化作一抔平凡的泥土
纪念碑，只是一个
沉重的历史符号
英雄，才是真正的民族之魂

今天，我在纪念碑下行走
眺望这一条艰难的路
我相信，英雄倒下的全部目的
不是要我们洒下更多的泪
而是让我们握紧欢乐
活着，在崇高的背景里
和平并且微笑，自由地长大

12　我的祖国，早上好

日出东方，五星红旗拉开万里江山
多彩的画图，我的祖国，早上好
今天是你的生日，我迎着阳光为您祝福

森林和流水，天上的云披满一片中国红
火树银花不夜天，明月敲开我的窗户
我爱你中国，曾经沧海，一片冰心在玉壶

多少英雄豪杰，鲜血洒在追寻自由的路上
为有牺牲多壮志，战地黄花，如血残阳
我爱你中国，铁马冰河，天翻地覆慨而慷

昨夜，几度高山流水，往事历历在目
八万里风鹏正举，未来是你匆忙的脚步
我爱你中国，青山不老，当惊世界殊

七十年风雨，我年过半百，幸运与你同步
无论忧伤或幸福，生死已经相许
我爱你中国，何必问：人世间情为何物

欢乐的泪不停地流，我曾迷茫与轻信

始终抓不住你的影子，春蚕到死丝方尽
我爱你中国，漫道雄关，留取丹心照汗青

小桥流水，小楼东风，梦里寻你千百度
我名字的石头里刻下祖国的奇迹
我爱你中国，千里万里，只有你在我心里

古道西风，天涯孤旅，黄昏淡淡夕阳
我游历半个地球，伟大的誓言在心头荡漾
我爱你中国，东方西方，只有你在水一方

东方欲晓，蔚蓝的天空霞光万道
今天是你的生日，我的心止不住激动地跳
江山如此多娇，我的祖国，早上好

13　桥

钢铁与钢铁，深刻而真实

在一群劳动的手指下

架接在天空与大地之间

在现实与未来之间

大别山，从此飞翔一只大鸟

为她报告季节

在一种原始的风景之外

桥，成为新鲜的风景

使我久久凝视

这种崇高的事情

常常由一些平凡的人完成

桥在延伸，钢铁错动

发出悦耳的响声

桥呀桥，你要把所有的人

带向何方

天空下有四个方向

久居深山的我们

该向哪一方打开家门

远方比我的想像还要遥远

梦想与忧伤

同时打湿乡村的两片嘴唇
我们迈向新世纪的最后一步
需要更多的桥来指引
这样伟大的事情
远比架设一座桥更加动人

14　圣火照耀中国

从雪山和太阳之间升腾起来
你圣洁的光芒
照耀着沧桑的中国
一颗博大而自强的心
亿万只粗壮的手伸向你
以雄健的姿式
表达着古老的东方民族
光荣与梦想

你从同一个地点向四面八方启程
又从不同的方向
在同一个心脏汇聚
熊熊的火焰下是燃烧的身影
是一条刻满历史和奋斗的道路
神圣的光辉使心灵明亮
高昂的火炬使脊梁挺拔
庄严的飘动告诉人类
什么是生命，什么是不屈的愿望

我也在你的光熠下奔跑
热泪盈眶，心如火苗一般跳跃

从一位老人的手中

庄严地接过你

在大别山变幻的季节中

又一次接受了烈火的选择

左手继承悲壮与牺牲

右手继承不灭的火炬

这本是古老的大别山人

繁衍后代的法则

圣火照耀中国

在生长文明和理想的地方

我们高举一个民族之梦

寻找大地的方向

在圣洁的光芒中我们坚信

古老的民族

正以奋发图强的姿式奔向未来

第二辑

我的故乡是蕲州

15　我的故乡是蕲州

蕲州是必须要写的，我不能忘本
我的蕲州，奇异的小镇
长江北一个码头，南北文化汇聚
口音独特，闲散而激昂
我长在这里，从一岁到十六岁
瘦弱多病，我熟悉蕲州
如同熟悉背上的伤疤
那些伤疤是在蕲州留下的
而在我伤痕累累的心上
蕲州是最痛的一块
蕲州没有变化，还是一座城门
一条长街，一个让人心痛的女人

雄武门是我住过的地方
历经沧桑，长长的陡坡告诉我
故乡的脚步为什么沉重
斑驳的砖墙，那些标语依稀可见
是数学老师宛新华写的
一边是"提高警惕，保卫祖国"
另一边是"备战备荒为人民"
每天，我从标语前走过

耳濡目染，铭刻在心
因此，无论我走到哪里
我爱我的祖国，为人民服务
那是我的伟大故乡
播下的最美种子，在我心里生根

东长街是蕲州最有名的地方
那条街好长，八百米扭扭弯弯
像条巨龙，青石板铺成
潮湿的路面，数重木板房
还有清代灰蒙的瓦葱
我住在264号，最中间的一重
有一个大天井和绿毛乌龟
东长街也叫博士街，几百名
博士和教授，每一米就有一个
路面凹凸，十几条弄堂
笔直幽静，这奇异的风水
使学子们深沉刻苦，读书专心
我住在龙尾，所以，一有风吹草动
我就会被故乡抛弃
诗人胡昕住在中间，龙的背上
他写动人的诗，比如阳光和月色
诗风纯美，爱也浓烈
邱汉华住在大塘旁边，写蕲州故事
述说故乡的繁盛与兴衰

在长江岸边，他们和我，还有程健
建新、黄俊、向东和满生
一群有理想的学生
一群情种，躺在草坪上
我们不数星星，只数班上的女生

我最喜欢的女人也住在这里
她是东长街上最美的女人
喜欢兰花，我喜欢的女人都爱兰花
素静淡雅，清香怡人
一种干净之美
我们一起上学，她动作很慢
长长的辫子，头发油亮油亮的
她笑得很迷人，淡淡地不出声音
她爱穿红白方格褂子
浅黑的裤子，走路很慢
所以我们总是迟到
可惜她死了，在一个春天里死的
从那以后，我就不爱春天
那片片飘落的桃红花瓣
仿佛是她忽灵忽现的影子

我的故乡是蕲州，长江边上
一个陈旧的小镇，街上人声鼎沸
卖油条的人，卖水灵青菜的人

卖蕲艾的人，卖蕲竹的人

还有充满梦想的人，想远走的人

故乡蕲州，在我心里

你是如此夺目，以至于我

无论走遍南北西东，我的痛苦

我的梦，还有我的女人

我的口音，都是你

我的蕲州，宿命的故乡

那干净而纯粹，不卑不亢的样子

16　蕲州人物记忆

谈到蕲州，让我魂牵梦绕

我的蕲州，是雨湖的一枝莲花

出污泥而不染

是雄武门的一块青砖石

历经沧桑，老而弥坚

东长街的蕲州，博士云集

名仕风流，是从斑驳的木板门里

走出来的，是踩着青石板路走出来的

是从幽深的弄堂里走出来的

纯粹而坚强，温情而忧伤

从书本上，我认识李时珍

一袭白衣，奔波在蕲州的大街小巷

他为百姓治病，从不收药钱

他为中国治病，羸弱的明代王朝

有一个人为她多病的肌体

扎上针灸，用滚烫的蕲艾水

洗沐中国冰冷的心

一部《本草纲目》

把蕲州的仁义与情怀传遍四面八方

袁殊，我是从电影里认识的
我一直觉得他不是蕲州人
蕲州人直率，有什么话当面说清
嬉笑怒骂，过一会就忘到九霄云外
袁殊把自己隐藏得很深
以至于日本人、国民党
还有各色人等，都无法看透他
他忠诚于信仰
在波诡云谲中纵横捭阖
历经坎坷，儿子都不认他
云淡风清，为共和国坚守最后的秘密
他是真正的蕲州人
忍辱负重，为理想而不悔

孤傲的黄侃，东长街瘦弱的书生
为古老的中国字标注音韵
从此，诗意的中国有了独特的旋律
一口黄调，抑扬顿挫，钟鼓同声
我常想：他在注音的时候
是否想到了蕲州凤凰山的翅膀
东长街独一无二的口音
特立独行的他，风流的他
把蕲州的激越和闲散发挥得淋漓尽致
他一只手高扬辛亥的大旗
摧毁摇晃的末代王朝，另一只手

却温情地点染美女学生的红色窗花

《白茅堂词》的顾景星，清代大才子
故国忧思，一片丹心赋于
数声玉笛，几阵黄沙
有人说，是他写了《红楼梦》
我不相信，蕲州人真实傲然
从不欺世盗名
还有王忠烈，王氏家族
众多博士中最著名的一个
东长街最后的荣耀
创建华——王不等式，联手华罗庚
他淡雅的笑容是蕲州人最好的注释
刘文星，我的对门和同窗
当年，画一张电影票以假乱真
今天，他创新中国油画
他画蕲州城：古道沧桑，雨湖雅韵

我，一个普通的蕲州人
沐浴麒麟山的烟雨，荆王府的豪气
从东长街264号走出，风雨兼程
蕲州，无论你辉煌或衰微
总有一滴清水洗涤我的灵魂
在异地，我默默地活着
陪伴妻子，养育儿子，我想：

只要不做一些辱没故乡名声的事

其他的一切都无关紧要

17 我的苦难父亲

我的父亲姓陈，江州义门陈
老家浠水巴河，是个军人
在剿匪中受伤，留在蕲州康复
认识了母亲。那时的母亲
一个激情四射的学生
天天照顾他，在一个春天的夜晚
他们结婚了，父亲常说：
母亲是他骗来的
说完两眼放光，一脸的骄傲

父亲有点文化，刚解放的时候
在武大读了几天书
常在我面前炫耀，因此
我考上华中师大，他满脸不高兴
但文化也害了父亲
常常对一些事情谈点看法
因此，很快就被打倒
发配边疆，外婆常骂母亲
找了一个坏人
要是嫁给某某某，现在就在北京

父亲喜欢喝酒，用大白瓷缸子喝
他告诉我，军人没有不喝酒的
在冰天雪地里，不喝酒的
要么不敢冲锋，要么是个死人
他喝酒很不讲理
喝醉了就开始骂我：
老子陈姓家族，都有血性
嫉恶如仇，你胆子那么小
活该姓李，做个李后主或者李商隐
写缠绵无聊的诗，要么就招女人
艳诗赶不走国民党
伟人说了，枪杆子里面出政权
没有我们，你们就只配喝西北风

平反后，他当了个小官
干得特别卖力，说是要追回青春
他每天工作很晚，累了困了
就把冷毛巾缠在头上
抽烟很凶，屋里到处是烟味
父亲是个好人，活得干净
从不挪用单位一分钱
他说：当个芝麻官，要小心谨慎些
胆大妄为的人，是国家的罪人
在他手上，处理了一些贪官
有些还是当时很红的人

父亲活的很累，经常唉声叹气
头发也掉光了，他看不惯
欺上瞒下的人，以权谋私的人
还有溜须拍马的人
他说：要是从前，这些人早毙了
但父亲不是个好父亲
不管家，不照顾母亲，更不管我
还用棍子打我，我从小很怕他
长大后不太与他讲话，没什么感情

父亲病重的时候，我去陪他
他动了三次大手术，肿瘤很大
痛得在病床上打滚
他对我唯一的要求，就是改姓陈
还说他死后，把他埋在巴河
五十多年了，父母死得早
不常回去，死后要陪陪他们
我看着他，我的父亲
一个坚强的军人
此时却蜷缩一团，瘦小的身躯
如同一团棉花，柔软无力
一生正直的父亲，坎坷多难的父亲
忧虑深重的父亲，就这样走了
坚强一生，革命一生

我对不起我父亲，在诗中
我从未提到他，不是因为惧怕
而是羞愧。父亲没留下什么
只有几封发黄的信
一个党证，一件羊毛皮的军大衣
但父亲留给我很多
他很善良，从不为我用钱
但寄钱养活孤寡老人
他宽容，对伤害过他的人
见面也相逢一笑，他一生不顺
却很少抱怨，乐于甘守清贫
我的父亲，给了我血液
容颜和酒量，我无法成为他
但我会做一个让他满意的儿子
恪守他一生的光荣

18　清明祭奠父亲

我从遥远的地方回来祭拜您
我的父亲，拔去您坟头上
春天的杂草，还有荆棘
刺伤你生命的芒刺
我用一串鞭炮把您唤回
但我知道您不会回
您总是在很远的地方活着
沉默地，保佑我们幸福地活
今年的坟标，我挑选了最美的花
五颜六色，我知道您喜欢
美和花朵，所以才用鲜血和枪
打下了一个美的世界
心里总有美的感觉
在您坟前，我摆了三杯白酒
纯稻谷的，我知道少了点
酒是您的命，在冰天雪地里
救活了您，但我还是劝您少喝些
欠酒喝的您，便会给我讲起
您们的英雄故事
在我眼里，您从来都不高大
在故事里，您才是我高大的英雄父亲

我从很遥远的地方回来祭拜您

我的父亲，我不是每年都回

我知道您不会怪罪我

您从来都不喜欢繁文缛节

我的父亲，我对不起您

我没有改姓陈，儿子也没有改

也不知孙子会不会改

但您与我们早已血浓于水

一脉相承。我的父亲

今年，巴河的油菜花开得很艳

满山遍野，比往日任何时候都要艳

在烟雾中，纸钱飘飞

阳光闪烁，莫非是您的影子回来了

19　我不爱春天，但我依旧要写它

四月，那么多美景值得歌唱
而我却倍感忧伤
我的母亲，在新年的白雪里逝去
她混浊的眼睛，终于
不再恐惧这混浊的世界
还有好多诗人在春天里消失
坟头长满青草，有新鲜的味道
生命如流水，清澈而无言
还有我的女人
也是在春天里消逝的
她是我青春期里的唯一亮色
我的春天，是用泪水浇灌的花
那些万紫千红，桃花与柳花
摇曳着生命曲折的影子

我不爱春天，但我依旧要写它
我不知道为什么我要写它
也许是一阵春风，吹绿满山遍野
给更多的人带来希望
在绝望的时刻选择希望
是人类最后的选择

也许是一阵春雨

滋润冰冷的土地，种子冒出萌芽

孩子们长出新牙，生命长大

是春天最动人的情节

也许是我的嘴唇，总在重复

那些激情的声音

让好多人都听到过

母亲听到过，爱人也听到过

她们告诉我，应该怎样地活着

才不辜负她们的爱

我不知道为什么我要写春天

但我知道，亲人们选择春天离去

她们就永远活在春天了

20　坐着绿皮列车，去看一个乡下女人

坐着绿皮列车，去看一个乡下女人

她是我的母亲，在初冬

就穿上厚厚的棉袄

这是江南小站，只停绿皮列车

冷风刺骨，踏雪无痕

一望无际的流水和夕阳

冬天已落江南，断桥残雪

枯荷听雨，美和冷都让人魂不守舍

也有笛声和孤独

我的母亲，在一座古旧石桥上

等待了三十多个初冬

父亲终究没有归来

现在她在等我，那样矮小地等我

母亲是在白墙壁的房子里

长成美丽的模样

夕阳里，听渔舟唱晚

朝霞中，看草长莺飞

在江南的初雪中

她的一生就这样地枯萎了

如一枝老梅，一辈子都在等

我居住的城市，盛产
芒果与樱桃，苦涩的番石榴
还有乡愁与短暂的爱情
江两岸高楼林立，灯火闪烁
我买了大房子
但母亲从不肯与我一起过年
她不想看见我疲惫的样子
流浪，媚俗还有忧伤
她回了江南，小桥与流水
千回百转的评弹，白雪一样的
刺绣和丝绸，扬州八怪
白娘子和晓风残月
我的母亲，依旧坐在门口的石桥上
等我，帮我守护最后的寒冷故乡

坐着绿皮列车，去看母亲
生命中最爱的女人
赋予我血液，姓氏与善良
她离我很远，也离我很近
浮华的尘世，一切功名利禄
爱恨情仇，都在一抹初雪中消逝
而我的母亲，绿皮列车的
小站的母亲，才是我永远的家

21 十二月雪

十二月，一枚沉重的果核
埋在雪中，池塘沉寂
河流冻干了眼泪
寒风把门框上的玉米吹冷
茫茫雪野，一缕寒光
穿透故乡的心
我的母亲，蜷缩在灶门口
怀抱火般的希望，等待一个身影
她的儿子，今夜从雪中归来

十二月，是记忆里的那个小村
它的十二月抹上一层淡妆
飘飘洒洒地下十二月雪
那样白白地下着
十二月雪，因为没有血迹才那样白
欢乐没有沾染上奢华与浮尘
才那样白。雪下得很深
像我的爱那样深，像女人
离乡的脚印那样深

十二月雪是白的，母亲的痛

也是白的。十二月雪

在母亲的头发里渐渐消融

而我偏偏喜欢十二月雪

在雪地上打仗，梦想

成为雪地英雄

十二月雪，像一根针扎进脚板

母亲用白雪为我揩拭伤口

为了在我生命中，永远没有血迹

十二月雪不停地下着，乡村

到处是同一种白色

不敢忘母亲雪夜的叮嘱：

花花世界有多种颜色

切莫让虚幻的色彩蒙住了心

十二月雪，埋上我的眼睛

母亲的话却亮闪闪的

以至于我的心

总是保持那么干净

我滚过雪地，领回梦想

喉节渐渐粗大，握紧命运的石头

就要走回家来

母亲，我回来为你升一堆炉火

让十二月白雪在大火上跳跃

滑过你寒冷而美丽的疼

22　回　家

回家是个美好的词，比紫色的豌豆花
还要美，比女人清辉的玉臂还要美

在大地上，我们活得像流水
穿越山峦与河谷，如一只兔子四处乱窜

也许有一天，我们躲在一片草丛中
被某一只黑亮的猎枪精度瞄准

偌大的尘世，哪里都不是我们的家
我停泊的地方是母亲久坐的门口

而母亲走了，去了一个极乐世界
据说那里有更多的苦，她一个人品尝

她说多受些难，无论人间还是天上
我的难就减少几分，平安并抱有希望

人生如逆旅，苦难的母亲活在墙上
回家看见母亲，多少眼泪漫过我的灵魂

23　少年时光

有些少年时光不值得我书写

痛并卑微，不堪回首

闭上眼睛，我就看见我的小学

最矮的我坐在最后一排

阳光照不进我的角落

我经常罚站，站在树底下听课

老师训斥我，所有的错

都赖我头上，没有人看得起我

时不时在我脑壳后来上一拳

我不敢哭，不敢告诉妈妈

那样在放学路上

会有更多的手哄抢我的书包

他们经常撕毁我的书

偷走我的橡皮，他们不让我读书

不准我比他们聪明

因为黑五类子女没资格上学

尤其不能上大学

与他们争夺出人头地的机会

唯一的快乐是：我书读得比他们好

我可以把整本书背熟

强记算术的方法

名列前茅，看他们生气
我从不落泪，强忍心中怒火
发誓卓尔不群，追求公平正义
我喜欢一个女生，她很漂亮
心地善良，比我大两岁
她保护我，与阴险的男生斗
她是我幼小心灵里唯一的亮色
荒诞的年代，善良的一定是女人
因此，我无论走到哪里
任何时候，总有好看的姐姐
保护我，最贫穷和胆怯的那一个

24　东长街264号，我的外公外婆

东长街264号，是我童年的家
痛苦而温存，两间黑屋子
一盏油灯和一些厚书
比如新华字典，三国和红楼之类
屋里最值钱的东西
是一个座钟，声音很脆
铛铛响起，总让我心惊肉跳
还有一对青花瓷坛
不知是清代的还是民国的，至今还在

屋外是一个大天井，看得见
蓝天和流云，阳光的时候
有麻雀叫，有蜻蜓飞过
我特别怕下雨天，水飘进屋里
我的衣服就湿绉绉的
痒得厉害，我皮肤常起水泡
估计是那时留的病根
天井的四角有四个石墩，一只绿毛龟
偶尔有小蛇出没，很吓人

我的外婆，一个瘦矮的小脚女人

脾气很急，怕我学坏
总把我锁在屋里写字、算算术
她还逼迫我，十一岁
就去一里外的老井挑水
她常说：穷人的孩子
要自己养活自己
无爹的孩子没本事咋行
她在居委会干事，特别卖力
是让我继续有书读
她没有文化，她最佳的教育方式
就是棍子，我几乎天天挨打
所以长得不高
她说：棍子里出状元，不读书
对不起老李家的列祖列宗

我的外公，是蕲州城最高的男人
我一直很奇怪，高个子外公
总是在矮个子外婆面前低声下气
他做糕饼，手艺是蕲州最好的
那些发饼，酥糖，彩色的甜豆子
是蕲州人过年的礼物
他很胆小，总是怕别人说闲话
偶尔也带些糕点给我吃
他说：吃苦后就吃点甜的
活着有劲，从此，世上的美味佳肴

比不了外公亲手做的芝麻饼子

264 号的家，我的再生之地
一个暴雨之夜，我得了急性脑炎
小脚的外婆背着我
外公打着伞，姐姐在后面托着
到后壕的明六公家
明六公，一代名医，李时珍传人
他见我满脸青紫，坚决不治
外婆给他跪下，说我家三代单传
求他一定把我救活
伟大的明六公，用仁心和医术
救活了我，我伟大的外婆
你打我，骂我，也给了我第二次生命
因此，在未来的人生中
面对任何苦难和打击
我无所畏惧，宠辱不惊
我为我的外婆和外公
还有伟大的明六公，活着

东长街 264 号，是我窄小的家
陪伴我长大，我已离开了四十多年
后来，在国内和国外
我住过许多豪华的房子
但我都找不到 264 号的温暖

每当人生低落的时刻
我就回家看看，寻找内心的安宁
那里有我外婆外公的魂灵
护佑我，在这浮躁和虚伪的世界
找到真实和爱

25　那些远走的灵魂

春天了，没有人记得他们的名字
没有人想起他们的脸
而我记得，他们是蕲州城
最美妙的声音
最激情的步伐，最动人的心跳
如一汪清水浇灌蕲州
在黑色的岁月里
他们是蕲州的夜晚最亮的星

陈建华，蕲州二中最清亮的声音
他来自北方，却有南国的温润
他边拉手风琴，边放声歌唱
边甩头发的样子真是帅
他教我写湖北慢板《西沙群岛》
还有蕲州莲花词
他谱曲子，让女孩们跳莲枪舞
边唱边跳，蕲竹做的莲枪
每一节的两面都挖一个圆孔
铜钱摇动，击打女孩子们
柔美的身段，上下翻飞
我知道什么是美，什么是情

他教我写有韵的句子
他说：那叫诗歌，是世上动情的文字
也是愤怒的文字，容易让人绝望
他还教我打快板
左手打小板，右手拿大板
清脆的噼啪声
是我痛苦年代唯一的慰藉
我的老师，蕲州城最帅气的男人
拯救迷茫的我，忧郁的我
在我的人生中，他是一盏灯

杨士贵，蕲州城最凶的男人
两道黑浓眉毛是我的噩梦
每次见到他，我不敢高声说话
更不敢放肆
他要我做一个规矩的人
一个正直的人
"走路要挺直，不要流里流气"
他上体育课，从来不用语言
他的脚随时踢向年少轻狂的我
他教我朗诵诗，演样板戏
"一个人永远要有微笑"
"节奏，节奏，节奏是心的声音"
后来我每一次朗诵
他的话都在我耳边震响

我的杨老师，像严厉的父亲
教我走路，度过苦难人生

我的兄弟喻迎东，蕲州城
最明亮的少年，东长街少有的天才
单眼皮的他，笑起来像个女孩
一把手风琴，把音乐之美
拉出了激情与感动
他喜欢拉《我爱这蓝色的海洋》
辽阔的海空，海水碧波荡漾
他说他喜欢水，一生将与水为伴
记得我们一起跳红绸子舞
他女人般的身段比绸子还有柔美
在竹瓦店，土垒的戏台上
他的一曲《赞歌》震惊了所有人
那个夜晚星星漫天
我的兄弟是最亮的一颗
可他却死了，长江水淹没了他
我哭了整整一天，发誓从此不再游泳
怕在水里看见他的魂

还有美丽端庄的张兰，我的同学
黑亮的长发飞起来真好看
那朵小红花像蝴蝶一样飞舞
最喜欢听我的快板书

清脆干净，每天我打快板给她听
后来她死了
从此，我不再上台打快板
双手空空，再也捧不住一颗泪滴
还有韩志雄，吃饭最快的
嗓门最大的韩志雄
他的那颗大门牙是最白的
爽朗的笑是我心中最亮的声音
最辛苦的劳动委员
常分配我干最轻的活
他不该死呀，我在广州为他联系
最好的医生，可他说：孩子未结婚
到处都用钱，说不定有奇迹

我的蕲州，其实我不想写你
怕自己太伤心，怕惊动了
那些消逝已久的人
四十多年过去了，我的蕲州
也许我忘记你古城的颜色
雨湖的芬芳，东长街的雅韵风流
然而，我忘不了他们
那些远去的灵魂，远去的梦
其实，他们并没有走远
每年春天，我一看见满树桃花
流水的波浪，我就看见他们

仿佛告诉我：好好活着

尝一尝磨难与沧桑，世态炎凉

在艰难的日子里，迎风傲立

26 归来了，我的蕲州

归来了，我的蕲州

我仆仆风尘，一个疲惫的游客

蕲州，一片繁忙的模样

散落在东长街的小店

不卑不亢的笑容，大嗓门

是我故乡的独特风姿

我不寻找雨湖的秋水和那只麒麟

蕲州的梦想深藏在灵魂深处

我坐在街头的角落

搜寻节日里落下的花朵

用一滴清水洗涤内心的脏乱

用一缕微笑报答故乡带来的满足

我走近旧城门的老屋

我不认识屋里的人，那些邻居

有的已经远在他乡

有的老了，呆坐的屋里

看电视中的燕舞莺歌

有的已经死了

把风流传奇和青春的故事

留在故乡的风中

今天，我不认识的蕲州人

他们相爱着，交换心灵的花

相互揣摩别人的心

他们为一分钱而争吵

但更多的他们，正为远方游客

准备干净的房间

我的蕲州，总有那么几天日子

把失落和伤心锁进抽屉

为厨房、灶台和门揩去烟尘

归来了，我的蕲州

我风尘仆仆，我只是一个陌生人

很多熟悉的事从指缝滑过

背上的行囊背负蕲州的美丽

但灵魂已经留下

我不再孤独，不再随波逐流

匆匆而来又匆匆而去

像一只受惊的鸟

像我的蕲州，日夜栖息在我的肩头

27 蕲州，你到底要让我有多痛

每一年，蕲州，我迎着春风来看你
在青山与香草之间，总有一根针
刺入我的骨头，你到底要让我有多痛？

来时，我健步如飞，激情如长江水
奔流不息，我把你的故事讲得眉飞色舞
但每一次，我的双脚就痛得迈不出去

难道是怪罪我流浪在外，不常回来
难道是母亲思念我，不想让我匆匆离开
难道我必须疼痛，你才给我更多的爱

故乡人问我：为什么我总是突然地痛
是否是在异乡活得艰难，世间总是不平
那么在蕲州，有一缕阳光把我抚慰

其实，这种痛楚不只是属于我一个人
游子的心，总有一个缺口留给故乡
无论我们是成功还是遍体鳞伤

回故乡之路，我走得缓慢而沉重

母亲埋在这里，这是我内心永远的痛
她像一盏孤灯，多少年照耀我脚步匆匆

我的蕲州，你到底还要让我有多痛？
春暖花开，疼痛和眼泪如花朵一样开
思念带我回来，无论有多少痛可以重来

28 我的年味是痛的味道

我的年味是花生的味道
是糯米果子和芝麻糖的味道
是蕲艾和蕲竹的味道
咸鱼和腊肉呼唤我回家
雄武门的雪，兰花般的女人
母亲坟头的青草
呼唤我回家，但我不回家
我害怕过年，春节让我格外伤心
我的母亲死在除夕的冷雨中
我的年味是痛的味道

我在很远的地方，沉默地活着
随波逐流，此时我的蕲州
就是美的，思念的东西都是最美的
我远离小镇的灰尘与谎言
腐烂的泥塘，我曾为一支莲花
差点淹死在那里
还有黑夜的恐惧，青石板路
抓走我父亲的脚步声
我远离故乡，我的蕲州就是美的
我思念姐姐，隔壁的妹妹

用瘦的身体挡住抽打我的竹条
东长街的大伯，把饭菜
放在灶边，等我放学后吃口热的
对门的兄弟，为我编织好些个理由
让我逃避惩罚和冷眼
我的老师，教会我艺术与美
还有良知，生命中最珍贵的东西
任何邪恶也战胜不了它
混浊的世界，只有我的蕲州是最美的

我的年味是痛的味道
我不回家，是否是最好的选择
我最爱的，是东长街的
古寺和小巷，雨湖的流水
还有凤凰山的油菜花
我生命里的一切都是故乡教会我的
孤独中的自由，忧伤里的坚韧
还有长江上的月亮
它护着我扛着小木箱远走他乡
故乡的苦是我的苦
我不回家，我不知道死去的母亲
会不会降罪于我
爱我的人们会不会说我忘恩负义
故乡的情份是谁也偿还不清的
我的年味是痛的味道

29　车过蕲州

车过蕲州，心跳突然加快起来
故乡的意义就是让我疼痛
泪水能够忍住，那些深藏的往事
像水泡一样，在眼前泛起
童年的路，绿草茫茫

如一根绳索，捆住故乡的翅膀
我母亲的坟，外公外婆的坟
还有我爱过的女人的坟
都埋在蕲州，已被白雪轻轻覆盖
我不停地问自己
我的故乡，你在哪里
我生在新疆，长在蕲州
父亲埋在巴河，祖先葬在江西
如今我活在广州
我是一个失去故乡的人
如无根的水，索性就四处流浪
有一个声音告诉我：
母亲在哪里，我的故乡就在哪里

车过蕲州，又一次擦肩而过
甚至来不及停顿一下

喝一口故乡水，或者洒下一泡热尿

故乡是人生的过滤器

最纯净东西的让我带走

把脏东西为我清除

望一眼故乡，生命就格外清晰

我是一个失去故乡的人

无根的水，在尘世上卑微地活着

我的母亲，我的亲人

你知道我在想你吗？

如午夜的灯盏

多少年照耀我脚步匆匆

生命在路上，一切爱恨皆是插曲

一切功名利禄更显得多余

离我最远的故乡，母亲的蕲州

终究是我叶落归根的地方

第三辑

最美的你

30　1986.6.23，我们遇见

这一天，我们第一次遇见，在破损的车站
阳光热烈，天空不是一般的蓝
这一天，都怪我在人群中看了你一眼

那时的我，头发凌乱，青春垂头丧气
活得像个诗人，故作深沉，心里一片狼籍
你说喜欢我，谁给这个女人这么糟糕的勇气

我们一起看春天桃花，巴河水上的夕阳
在白雪中，劈柴煮饭，做鱼丸子，炖排骨汤
偶尔坐在窗前，说说梦与未来，诗与远方

恩恩爱爱，磕磕绊绊，三十五年匆匆而过
你唯一的后悔，就是为什么愚蠢地嫁给了我
殊不知，自信的女人更容易被爱情击伤

时间改变世界，我们爱得简单
不曾共剪西窗烛，灵犀一点，等待彼此发现
生命虚空，一帘幽梦，从此不再走远

人生终究归于平静，爱情却要折腾几番

我们一起慢慢变老，有哭有笑有聚还有盼
心中有你，怎样的结局都值得彼此回看

只怪我那一眼，我们的人生从此改变
只怪你的美，让我看不到外面的鲜花烂漫
我们携手走过，不知是你太傻还是我心太软

31　结婚纪念日

结婚纪念日，写一首诗

或唱一支歌，献给妻子和爱

这是必须的，把最初的吻痕留下来

趁着我们还纯真的时候

把爱写出来，还有动作的记忆

我们总是错过最美的时刻

在最邂逅的日子里

遇见一个能够忍受你的人

别以为是什么缘分

或者上天注定，爱是一种偶然

在某一时刻，如两朵牵牛花

胡乱牵扯在一起

变成欲望的喇叭，如此简单

这个时代，是爱就值得歌唱

因为它美，因为它脆弱

在黑夜里尤其脆弱

任何一丁点风吹草动

爱就像一只兔子，彼此逃命

所以，分享一块巧克力

过一回斑马线，洗一次碗

听彼此的呼噜声，是多么不容易

人生是一本杂乱无章的书

有正文和插图，偶尔夹一片花瓣

不要追究哪个逗号用错了

或者句号用错了

只要省略号不错就行

省略省略，一生也就过了

32　秋天，最美的时刻

秋天，最美的时刻就是这样
靠在白蜡树下，或者柿子树下
垒砌一座石头房子
挂满大蒜、玉米和红辣椒
让日子慢下来，在苦辣酸甜中
与你一起慢慢变老
浮躁的世界，还有怎样的山水
让我们依靠，除了你的怀抱
就是竹林和炊烟
飘逸得如性灵的诗
在夕阳下饮茶，偶尔吵上几句
这样我们可以度过一辈子
甚至比一辈子还要长
野性的你，迎风的样子那么美
比阳光下的野蔷薇还要美
你是我生命中最美的那个柿子
永远宁静和鲜红
风雨来临，有躲雨的小屋和白墙
油茶花的影子告诉我
这是最后的村庄，天空飘着浓云
我们左右摇摆，徘徊不定

但我们的心属于这里

这样的选择，是命运最后的归宿

秋天，最美的生活就是这样

好多时候，扭曲得如树枝和草根

阳光从金桔里透过来

否则，我该如何把你写成诗

在清晨的风里，把你朗诵得淋漓尽致

33 桃花开了

桃花开了，沾满昨夜的雨

桃之夭夭，灼灼其华

随风飘落，像极了生命的过程

或在高处惊艳，或低处淡雅

努力地完成仓促的一生

也有特别的打开

在春天，桃花开得最粉红的时候

点点红泥，香气尤为逼人

你敢说心里就没有一枝桃花

让你牵肠挂肚

让你总想活出个人样

因此，每年春天我都去看桃花

接受怒放与褪色

我不知道，我能否配得上

桃花的颜色，或者深红的运气

我更不知道，透过月亮

看桃花倩魂悠悠

我能否找回新鲜的我和你

美丽总是短的，人生如流水

没有多少东西能够留下来

在桃花盛开的一刹那

把香留住，留在我心里

那样，在四处飘荡的芬芳中

我可以最先嗅到你的香

34 等

我相信这个世界有一个人值得你等
我相信也有一个人在远方等你

你在黑夜里等待灯光
而那个人就是为你执灯的人

你在干渴的时候等待流水
捧来甘泉的她，就是你的爱人

春天等待花开，无论白花还是红花
碧桃或者罂粟，都是人间风景

我已等得太久了，生命长出根须
一扇春风的窗口让我眺望

什么时候等到你的真心表白
亲爱的人，无论多久，是真话就好

35　在南湖，给你讲点过去的事

南湖还是南湖，巴河

还是那个巴河，水杉林和紫云英

低洼的泥土路还是低洼

花草如茵，还是那么青绿

都已经认不出我了

一切都很熟悉，唯有我是陌生的

记忆装不下那么多东西

没有人记得我

也没有人必须把我期待

矮冬青和蓄水池

我住过的矮房已属于别人

这个世界，没有什么是永恒的

即使是心底的爱

也会淘汰多余的名字

池塘边的杨柳树青翠欲滴

那是我青春的颜色

爱的起点和痛的根源

每年春节，我们在水塘里捞鱼

爱和痛也是一条鱼

在冬日里，被我们捞起

于是，我搭铁皮泥巴炉子

把蜂窝煤做得结实

一起做鱼丸子，卤牛肉

这些超人的手艺已多年未用过

然后把碳火烧得通红

那时你的脸，比碳火还要红

我们的婚房还是那样陈旧

连窗花纸都没有更换

现在是保安室，是否在保护

漫长的三十五年婚姻

我们有了孩子，我们吵架又和好

过得充实和贫困

叹息生命中的不平之事

也有些诗意弥漫出来

比如：一场白雪，夕阳苍茫而清冷

梅花孤傲清凉，痛也快乐着

我们像石头一样活着

也如流水一般软柔地活着

我们住在顶楼，晾衣服方便

也能最早地接收阳光

家是琐碎情感的堆积，一地鸡毛

我们很自然地融入

又毫无费力地深陷其中

此刻阳光灿烂，与当年一样灿烂
很多人都已离开
甚至死去，正午的风吹在我脸上
一种幸福感扑面而来
什么样的福缘才能遇到这片土地
这样温热的黄昏和早晨
遇到一生中最美的你
还有你们，陪伴我长大
还写点诗，使我的一生充满情怀
面对一切灾难，我无所畏惧
时间的钟摆，嘀嗒地催我们衰老
但爱情却从未衰老
三十多年了，过去的事依然新鲜
历经变幻的世界
这么多磨难，我们依然过得很青春

36 整个秋天

整个秋天，我都有些压抑
秋风一个劲地响在耳边
阳光似乎也离我很远
我突然明白：秋天到了
这个世界的秋天到了
我看见树上的叶子渐渐老去
如一只手或者一颗心
枯萎也空虚
但我并不孤独，我的身边
站着我娇小的妻子
湖水一样平静，眼睛里满是期待
仿佛在对我说
该是多穿几件衣服的时候了

我重又感到了女人的温暖
多少年了，平淡的生活
使我变得实在，没有幻想
也没有悲伤，爱情
如一杯茶，平平淡淡
也尝不出什么苦涩或甘甜
此时，我却有一股激情

想拥抱她一下，重复久违的动作
我才发现一股微笑的红潮
泛上她的面颊
她似乎比往日更加好看一些
我突然醒悟：
多少年了，我一直寻找的东西
原来却日夜把我陪伴

37 今天，我们一起去看桃花

今天，我们一起去看桃花
粉红的桃花，嫩白和深红色的
与你的嘴唇一样美
在水边，散发春雨的味道
我们牵着手，在桃树下匆匆穿过
这种情景在电影和小说里见过
我们寻找太阳里最粉红的那一朵

桃花是一种命运，与爱情有关
每一朵桃花，无论是红碧还是绛桃
都是孤独的，掩藏在夜的深处
等待阳光，填充水和光亮
我记得三十多年前，也是一个早晨
我站在桃花树下，侥幸地
摘下一朵最美的桃花，还有你
那张让人过目不忘的脸

是谁陪我，走过这一生的梦与灾难
除了你，还有谁？
能够穿透我的心和大地的冰凉
执子之手，与子偕老

相知于桃花树下，花开花落
已无法测算出爱的深度
那就请春风作证，让你的桃花
构筑最美语境，在这个春天
一切春天，固守我们一生的爱

38 我必须赞美桂花

在月光下，我必须赞美桂花

当年我在桂子山读书

经常干这事，闻到教室外的花香

我就折断一枝，带回

臭烘烘的宿舍

从那时起，我就活在

香臭混搭的地方，品尝生活的原味

因此，每当桂花开了

就是花枝折断之时，没有例外

正如你当年，绽开得

如桂花一样诱人

还在风中摇曳好美的影子

等待有人来嗅你，弄你的清影

却等来了我，把你折断

把你插在我乱糟糟的房间

从此，你的一生

就活得平凡与凌乱

雨雪打湿花蕊，人比黄花瘦

在太阳下揉搓成桂花茶

泡进我的一生，使我的每一天

都在品尝你的味道

我必须在中秋夜赞美桂花

就是在月光下赞美你

我一生暗淡，月亮般掩盖在乌云里

但我活得健康，每天泡桂花茶

把你融入血液，心里弥漫你的香

39　今天说句爱你，是多么不容易

今天，我还是要说：爱你

雨水如刀片，割破我的手指

无法为你摘一朵红玫瑰

这样的今天，说句：爱你

是多么不容易

世界在沉默，倒春寒

让人类的眼睛里挂满水珠

悲伤的事不会一晃而过

白花开在山坡

爱情似乎也下着一场大雨

艰难的时刻，说句爱你

是多么不容易，但我还是要说：

爱你，更具有特别的深刻

爱是一把火，温暖骨头与期待

燃烧在内心里

眼泪和忧伤解决不了生命之痛

更解决不了人类之痛

心急如焚的日子

唯有爱使我们紧紧相挨

在关门的一刹那

有一个窗口，让眼睛可以遥望
如果你还在哭
还在忏悔与祈祷，请你告诉我
该捧起你的哪一颗泪滴

40　爱

你我之间，长不出一棵树
连一颗草也长不出来，扭曲结疤
风也休想从裂缝中侵入

相爱无须含蓄，如同皮肤上爬过虫子
彼此挠痒，这样的时刻很美
等待彻骨的火焰把身体熊熊燃烧

爱是什么？是一阵风吹落你的眼泪
还是一株野蔷薇妖娆夺目
我只想说：是身体没有缝隙的那一刻

一生中到底能相爱多久？是坚如磐石
还是不堪一击，或是一低头的温柔
在混乱的人间，爱是生命的另一种解释

任何的爱都是唯一的，没有什么错爱
爱过了也不须后悔，如一株梅花
开在悬崖的裂缝里，也是一种怒放

我们不怒放，我们糊涂地活在一起

如萍水相逢的过客，坐同一条船

彼此相挨，那就把每一天过得天衣无缝

41 读不懂的秋

秋天是读不懂的
就像读不懂一本字迹潦草的书
不要去想像落下的秋叶
生命静美，只是时间的装饰
就像好些诗歌，看上去都是谎言

秋天是读不懂的
不要试图去读懂一个女人的心
读懂了就索然无味
哪有一支敞开的粉红莲花
还在太阳底下自作多情

你也是读不懂的
什么出水芙蓉，什么金凤玉露
我们从来就没有读懂过
那时，恰巧有一枝花偶然开放
把你雨中的秘密暴露无遗

读不懂的秋，带着你的神秘
我们迷失在秋里
才相互携扶，这哪里是什么爱情

分明是两颗好奇的心，跳动

在时间的流水里，彼此猜测一生

42　桂花的八月

八月桂花，落在每个人的手上
都很芬芳，你最芬芳
一想起你，我就香飘四溢
有人说桂花是一种药
你也是一种药，治疗心灵的痛
还有迷茫，所以我一有伤感
就一个劲地想你
让我不至于痛得那么彻骨
我是不是应该换另一种活法
八月桂花都开了
芳香弥漫在空气中，岁月静好
何必一个人在花下独语
这个世界，最不可靠的就是
活在永恒的相思里
因为没有什么东西是永恒的
但你不同，你是一种药
就如同桂花一样每年盛开的药
在八月，在所有的日子
把你开在心底，我就不可救药

43　庚子年七夕

一生中总有紧张的时刻，比如：游泳
被水草缠住，还有第一次紧张地说：我爱你

终于说出爱你，一生从此就被你缠住
你的爱像一根绳子，时不时勒紧我一下

你说我看上去很傻，像天真的孩子
如果我不是很傻很天真，为什么要爱你

你说我常常神经错乱，特别在七夕
如果我不是发了神经，我为什么要爱你

今夜的月亮藏在云层里，若隐若现
说不定还要下几滴小雨，窗外有点冰凉

人的一生就像月亮，也不知何时飘到哪里
所以我选择你的绳子，拴在你的歪脖子树上

44 花朝的花

花是女人共同的名字，尤其是春花
在某一天盛开，就是节日
你没有节日，你一个人孤独开放

每年都有这样的花节，今年的花
像雪一样白，像月亮一样白
你却是鲜红的，免不了让人胡思乱想

我猜你是一枝玫瑰，花刺上沾满泪水
或者是含羞草，碰一下就关闭香味
要么是兰花，清香的美，如流水上的风

其实你什么花也不是，就做了个女人
在最好看的时候让我遇见
让我的肩膀成为你一生哭泣的地方

45　愚人节记事

无聊地度过一天，四肢乏力
有一点期待有人骗我
空荡荡的大街，拥挤的电梯
没有人说话，如果此刻
有人呼唤我，该是多么美好
所以我打电话给你
说我想你，还爱着你
你笑了，问为什么在今天说出
多么荒诞，像愚人节笑话

心里有爱就不是笑话
无论哪一天，说出来我就快乐
我相信你也快乐
有人爱着就一定快乐
冷漠的世界，快乐是多么珍贵
像春风掠过流水
像在雨夜，突然遇见陌生人
虽不可信，至少有人陪你走路
有爱的时候，孤独是可耻的
有疾病的人生，孤独也是可耻的

我专门挑选今天说爱你

就是怕你孤独，怕你活成

一枝兰草花，清冷地摇曳在风里

我怕没有人把你写成诗

说爱你想你思念你

世间的一切誓言皆不可信

爱情像牵牛花一样短暂

所以，我专门选择今天说爱你

就是在你最不相信爱的时候

依然有我，真的在爱你

46　好多年未见你

好多年未见你，你依旧让我眼睛一亮
你还是颤栗一下，我也颤栗一下

我们的目光保持一致，嗅觉也一致
靠在同一棵桃树上，闻同一种花的香

在桃花闪动的果园上空，风匆忙而过
枝桠上流动着清白的月光

再也回不去原先的模样
我们不必承诺什么，你的指环泛出蓝光

像两条铁轨穿城而过，山脉如波浪
偶尔交错，也不知前方的路还有多长

我为你摘下一只苹果，祝你一生平安
你还是那点小心思，给我一颗苦涩的槟榔

47 这一次我真的听懂了海的声音

这一次我真的听懂了海的声音
浪花飞溅在礁石上，像破碎的音乐
一串珍珠洒在海面上

当年，我的心也是这样碎的
眼泪也是这样碎的
简笔的人生也就这样碎了

每当海浪涌起，太阳闪烁
我的胸口隐隐作痛，眼泪如音符
在沙滩上洒下一首歌

这首歌我从未唱过，也不知唱给谁听
还有没有人坐在沙滩上听我唱歌
谢幕的音乐，再美也是谢幕

正如虚幻的爱情，一朵海上的云
再洁白也会飘散，还有月亮
遥远的海上月亮，留下冰冷的月光

再辽阔的海也装不下人类的孤独

我们所拥有的自由与爱情
我相信会永远地拥有

这一次我真的听懂了海的声音
浪花拍打记忆，在灵魂深处
藏着大海的光，还有破碎的声响

48　重　逢

重逢在珠江的波浪上

收集秋光，还有久违的笑容

秋色正浓，光影里

诠释爱的意义

岁月的美弥漫心中

或许我们忧伤过、迷茫过

此刻，忘记一切孤独

用一只手重叠另一只手

分享心灵的快乐，这样多美好

秋色正浓，头顶上飘着

茂盛的红枫叶

正如一生中，总有一些日子

让我们光彩照人

与你相遇，是一生的缘份

也是一生的痛

目光与你叠在一起

此刻多美好，想想就激动

过往的一切依旧保留最初的温度

在皎洁的月光下

在一次白雪的邂逅里

在迷雾中，或者在街头的拐角
我们丢掉所有的虚词
寻找自由的出口
人生有多少次相逢
每一回你都是那么与众不同

49　一滴露水，挂在树叶上最美

一滴露水，挂在树叶上最美
阳光转动水珠
把美色展示让我看
此时，望断天涯又有什么用？
我只想在露水里，找到你的影子
万物皆有美，而你是尤其的美
为何只让我看一次
仅仅一次，就消逝得无影无踪

露水是一种宿命，仅仅一次
我的人生从此疼痛
这么多年，你滴落在我的梦中
那么纯洁无瑕
却把我留给这个脏乱的世界
我的心也是一滴露水，缺了一瓣
其余的心瓣随泥土埋葬

世间万物浮动在露水之上
人生如朝露，一切都转瞬即逝
即使对酒当歌又能如何
慨当以慷又能如何

生命如此脆弱，每一次遇见
都可能是最后一次
生命短暂，美得如此纯粹
无力逃避时光的诋毁
我的周围，所有的露水
都沾满灰尘，一滴破碎的水
揭示了美的深邃

我越来越想清晰地看见你
但我已经找不到你
人生如朝露，去日苦多
终将化作自由的星辰
清早醒来，一切又原封不动
春天原封不动，爱情原封不动
我的忧伤原封不动
唯一的安慰，暗夜里挣扎的美
是你，一滴露水

第四辑

美丽新世界

50　一碗江南

一碗江南，就是把迷濛的
一抹雨烟浸泡在茶里
让人细细品尝
嫩绿的江南茶女
垆边人似月，皓腕凝霜雪
这就是为什么有那么多男子
迷失在一碗江南的香里
到老也不还乡
宁愿在晓风残月里肝肠寸断

一碗江南，就是夜泊中的
一盏渔火，夜半钟声
画船听雨，暮霭沉沉楚天阔
或者执手相看泪眼
或是断桥残雪
美和冷都让人魂不守舍
或是徘徊在悠长寂寥的雨巷
遇一个撑着油纸伞
丁香般结满愁怨的姑娘

如果你没有真心爱上

一个江南女子

那么，你就不配说

你沐浴了江南的杏花春雨

你就不配说，你能听懂

珠落玉盘的天籁之音

江南女子，千种风情的转身

是江南最灵动的魂

无语凝噎，却那样自然和自由

这就是为什么

有那么多仗剑天涯的旷达男人

无须葡萄美酒，瘦马西风

便沉醉在一碗茶里

并喃喃自语：怎不忆江南

51 秦淮河

到了秦淮河，就去看水上的夜晚
青山远黛，灯影朦胧
秦淮河女人更朦胧
清辉玉臂，像月亮一样美
水乡的女人都是水做的
透亮彻骨，如高挑的三弦琴
搞不好就断根弦给你看
骨子里冒着一股冷气
弄得你落花有意，流恨难消
因此，到了秦淮河
千万别说你是一个什么文人
尤其不要说你是一个什么诗人
秦淮河是专门毁灭诗人的
会把你弄得诗不像诗，人不像人

好多人一来这里就醉了
半醉半醒之间，还要殉一次情
我一直想不明白，为什么
一到秦淮河就容易发疯
是不是太美的地方都让人发疯
杜牧就是一个例子

写什么烟笼寒水月笼沙

还有柳三变，为伊消得人憔悴

尤其圣人的后代孔尚任

桃花扇里，家家粉影照婵娟

好端端的文人全给毁了

无人识君意，还起旧时愁

我一直觉得，闲得无聊的你

千万别写诗

尤其不要在秦淮河上写诗

六朝烟雨，空城寂寞

别再问我秦淮河到底美不美

美和爱都是脆弱的

问多了就会让你肝肠寸断

52 仿写《辛弃疾·京口北固亭怀古》

是什么把我带到这里
京口北固亭，到处游人如织
他们是否看到千古江山
再也找不到孙仲谋了
烟雨横塘，淘尽无数风流
英雄都成为普通人
他们下班买菜，黄昏听江南丝竹
或在瘦西湖的月下吹箫
也为孩子逃学而夫妻反目
这是最好的时代
舞榭歌台，大妈们边跳边唱
搞得噪音扰民，但心情是极好的
不再担心烽火扬州路
不再流离失所，还可以面对面建群
这是最好的时代
回望斜阳草树，当年的佛狸祠下
如今却家长里短，儿女情长
时不时走来一个穿旗袍的美女
平安的日子，不妨闹点绯闻
再不需要气吞万里如虎了
虽然现在的男人是少了些龙虎气

那又怎么样，最好的时代
寻常巷陌，相亲相爱才是正事
虽然爱情如此短暂，不再彼此煎熬
封狼居胥也没有机会了
金戈铁马只在电影里遇到
这是最好的时代，百姓们安居乐业
偶尔炒个股票，玩个抖音
还有那么多写诗的
没事就弄个美感，而不是仓皇逃命
这是最好的时代，阳光下
廉颇一样的老头，不是能不能吃饭
而是喝了一杯清茶之后
抱一个垫子，他要练瑜伽了
说不定会遇上一个老太太一起练

53 端 砚

一方端砚从泥土中来

就是一捧土，在烈火里焚烧

粗如山川韵律，细似笔走龙蛇

流畅得如水的波纹

美丽的东西都来自泥土

如果不烧透几回，哪有玉的温润

尤其在这个叫端州的地方

挥毫泼墨，皓首穷经

激扬起文字和画卷

五千年留了下来，传奇留了下来

盲从和耻辱也留了下来

我们才有《资治通鉴》

有《富春山居图》和《红楼梦》

历史总是残缺的，少了些

顿号和问号，笔墨也是残缺的

在真假虚实中扑朔迷离

像极了这个世界，那些短章醉墨

自由奔放，相比今天的文人

当然多了一根傲骨

我相信，磨墨最多的一定是诗人

平仄里铁划银钩，节奏豪放

有的婉约如溪流，更多的是刚柔相济

惊涛裂岸，卷起千堆雪

人生得意，杨柳岸晓风残月

一方端砚就是一本厚书

写不断一江春水，悲欢离合

多少是非成败，原本就是一笔带过

54　在苏州听雨

在苏州听雨，我选择在夜晚

黑暗深处的雨，是身体的一部分

最好在一座古石桥旁

红灯笼斜照在杏花之上

听雨点敲击水的声音

此时的世界，安静得只剩我一人

在雨中疗伤，闭上眼睛

我会看见竹杖芒鞋的东坡先生

一蓑烟雨，人生有味是清欢

也无风雨也无晴

还有香山居士，望月宫嫦娥

是否如桂花一般孤独

吴水一杯春竹叶，早晚复相逢

还有那个叫杜牧的

感叹后庭花谢，烟笼寒水

多少王朝消逝在雨中

更有诗仙李白，吴歌楚舞醉西施

还是一副飘逸的傲气

苍天与帝王也难奈他何

在苏州听雨，与古代仙人在寂静中相遇

是何等幸运，那些前朝旧事

几多雅韵风流，终将被雨打风吹去

在苏州听雨，也可以选择白天
光明和爱不是虚构的名词
我们历经那么多灾难
在雨中，流了那么多泪
多事的秋天，没有谁是安全的
那些似曾相识的背弃与偏执
已折腾得我们差不多了
停下来听雨，让灵魂自由一会儿
是生命的最佳选择
爱很简单，却能战胜一切
一缕最朴素的光
把活着的人照耀得风情万种
雨点落下，沾衣欲湿
桃花开了，梅花也开过了
梨花在雨中落了下来
明天或许是一个晴朗的日子
青翠欲滴，像雨中的树
没有爱与自由，人生还有什么意义
在苏州听雨，让灵魂与爱相遇
我们是何等幸运，终于我们有勇气
让雨中的生命变得干净一些
这场雨来得及时，疼痛是一种物质
在雨中，与爱情总是纠缠不清

55　黄昏的时候，我到太湖边走了走

黄昏的时候，我到太湖边走了走
我从未到过太湖，我一直以为
太湖在安徽，那里的沈天鸿
把太湖写出哲学的高度
他把太湖的月亮形容成破碎的花
在宇宙间留下空白
而我只在苏州的太湖旁边走了走
好多荷花在风中摇曳
基本上是粉红色的
在夜幕中，秀不出哲理的味道
我只看见苏州的太湖
是月亮落下的一滴眼泪
所以苏州才有了那么多清亮的女人
洁白如莲花，在夜晚
守候月亮，并把琵琶和三弦琴
弹拔得醉心荡魄，如歌如泣

黄昏的时候，我到太湖边走了走
我原本不想走，天堂的苏州
已让我动情，但朋友说
这里的太湖，比姑苏城的美更让我动心

还有太湖三白是人间美味

再孤傲的灵魂也会在美中沉落

但我没有动心却动了怒

那么好的湖面，听不到夕阳下的

渔歌唱晚，只有破旧的船搁浅在港湾

那么好的村庄，看不到饮烟袅袅

空洞的木房子，男人远走高飞

女人都嫁到城里，只有老人和狗

守护田野的荒凉

太湖，如一只失明的眼睛

斜阳暮草茫茫，幸亏我在太湖边走了走

我终于理解太湖诗人的忧伤

这生命的湖泊，黑暗从时间上落下

疼痛深藏在水底

如金的湖面，有血液被风吹动的声音

56 没听过评弹，就不能说你来过苏州

世间的音乐千回百转

唯有这清亮的声音，回转得

如此结满愁肠，让我情有独钟

一滴悠扬的水，击穿岁月

在江南烟雨中打一个结

在梨花深处，倾吐生命的独白

此时，最好闭着眼睛倾听

耳边掠过竹叶被风吹拂的声音

是流水洗涤伤口的声音

是茶滋润心田的声音

是桃花落满肩头的声音

人间百态，红尘沧桑

弹拔心灵之弦

在半梦半醒之间摇晃

行到水穷处，坐看云起时

我们可以拒绝一切诱惑

但有谁能辜负生命里最颤动的柔情

所以才有了这么多生离死别

这么多爱恨情仇，再坚强的人生

也不得不在爱的眼睛里沉沦

所以我说：没听过评弹

就不能说你来过苏州

就不能说你抚摸过润滑的丝绸

苏州最温暖的柔肠

荡气的声音透过月亮，告诉我：

生命很短促，如一滴露水

偶尔闪烁一下，就消失得杳无踪影

因此，为什么要在命运的拐弯处

犹豫徘徊，错过那么多次

爱的归期，为什么还要随意丢失

走向远方的车票

为什么还要让一缕红颜葬埋花魂

一段如歌如诉的音乐

也许是人生自由的写照

宣泄最隐秘的痛楚

那么继续倾听这天籁之音吧

在云朵之外，珠玉落盘，藕断丝连

同在天涯沦落，偶遇的我们

都请把一生过得眼花缭乱

57　每次来苏州，我总是没什么感觉

每次来苏州，我总是没什么感觉

山水醉冷月，眉黛韵秋波

我理当写出最美的诗句

可就是没有感觉

也许是看惯了太多平庸的东西

突然的美，让我不知所措

也许是我那点小聪明

在苏州的美中黯然失色

苏州美，女人都是水做的

像太湖里的莲花，在风中婀娜多姿

她们把花朵穿在身上

举一把花伞，肆无忌惮地摇摆

连窄巷子都变成了花园

芳香四溢，是个男人就会陶醉在这里

所以，唐伯虎醉在这里

画忧伤的画，娶粗俗的丫环

张继夜泊在江枫的渔火上

一生就这样迷失在月色和风霜里

尤其那个叫寒山的和尚，六根未尽

索性在姑苏城外建座寺庙

在袅袅青烟中，倾听夜半钟声

吴王夫差也醉在这里

春宵苦短，在美人的怀中起不来

还把宝剑丢在虎丘池中

所以他也丢了江山，美人也丢了

而越王勾践卧在柴房里

每天尝一口苦胆，终于反戈一击

一把利剑到今天还寒光闪烁

原来苏州美学还有另一番道理

一个英雄，灯红酒绿、纸醉金迷

娱乐至死，还真的会死呀

据说古罗马帝国也是这么死的

还是手中拿把剑吧，至少拿把吴戈

那么多阴险之人，窥探美丽

剑能保家卫国，也能划破奸人的嘴脸

每次来苏州，我总是没什么感觉

也不知为什么没有感觉

难道是在金鸡湖畔多做了一回梦

还是喝多了三白酒和碧螺春

还是吃多了嫩薄的白豆腐和小银鱼

还是听多了如歌如诉的苏州评弹

珠圆玉润的吴侬软语

让我迷上苏州绣娘的风情万种

反正苏州我不能再来了

免得在离别时肝肠寸断

58　苏州守溪村

守溪村是女人的村庄

柳影荡漾在水面，白房子在蓝天下

翘起飞檐，阳光透过木格子窗

随热风一起淌出来

这里的女人，一生守在溪水之上

如秋天的草，把秘密

掩藏在水的深处

这是女人的命，在卑微的低处

害怕孤独却建立孤独

一条小溪把村庄缠绕得井然有序

却不知溪水最终流向哪里

说是通往外面的世界

而女人没有世界，她们一生的亮点

就是没有亮点，连名字

也是用水写的，她们知道

守住一条溪就能活

有水就有生命，就有葡萄和青枣

还有诗书和廉耻

守溪村女人只有渴望

坐在溪水边，望男人们还乡

守溪村的男人大多不属于这里

如流动的水，清风而智慧

很炫目地把名字写在时间里

所以，才有那么多解元的牌匾

挂在门楼上，几乎每一条小巷都有

这些男人考取功名

想回家为时已晚，便停在

太阳的半途，停在另一条溪水之上

当然也有愤世嫉俗的

比如：探花王鏊，当了山中宰相

还写了忧国忧民的《震泽集》

直到今天，我们还在《学习强国》上读

但他感动不了皇帝

便愤然辞官，一生与溪水为伴

悠然世外，萧散清逸

从此文章海内第一

而更多的男人，坚决地走出村口

这些男人，以独有的方式告诉世界

他们是属水的

总得有一副流浪的模样

59　穿旗袍的女人

穿旗袍的女人把云朵穿在身上
穿旗袍的女人站在月亮之上
穿旗袍的女人比湖水还要荡漾

穿旗袍的女人把季节穿在心中
春水潺潺，秋叶瑟瑟
冬日浮动雪影，穿旗袍的女人
是夏夜里的一点渔火
回眸一笑，宛在水中央

穿旗袍的女人如花朵尽情开放
桃花粉红，梅花洁白
玫瑰开得深情，兰草花清香怡人
穿旗袍的女人是暖风中的一支野蔷薇
暗香盈袖，芙蓉国里吐芬芳

一切都是偶然，但我不相信偶然
穿旗袍的女人，仿佛多年前的一缕阳光
在某一个雨巷，某一杯葡萄酒里
在某一片绿色田野
在某一座断桥边，在梦中

穿旗袍的女人好多次与我擦肩而过

除了我，是否还有人探求你的心
握着你的手，揩去你的泪珠儿
品味你的忧伤
其实，你不穿旗袍也让我怦然心动

我站在离你很远的地方，凝望你
一个离月亮很近的地方
看来今生你无法逃离我的眼睛
谁让你把旗袍穿得如此放肆如此风情万种

60 春天的北京

树木苍劲笔直，北京的路远远望去
绿树芽迅疾生长，与时间竞争
树叶飘动，如钟表的秒针嘀答地鸣

桃花开了，十里芬芳穿过风的缝隙
满树梨花美得令人清醒
仿佛嘲弄诗人的花朵，过于妖媚与粉红

北京的早晨，如河流一样奔腾
语速如潮水，心跳加速，春天的北京
再结实的裤子也撕裂了裤缝

还有这大风，吹开惺忪的睡眼
打开窗子，无论东南风还是西北风
十级飓风难阻中国的脚步匆匆

也打开心胸，放眼全球谁与我争雄
世界风云，规划大格局，我无法逃避
该放弃的放弃，该苏醒的苏醒

北京的春天，树木指向蓝色天空

阳光流动，每双眼睛流动着梦

此时，春风拍打我的脸：春天的北京

61 零点，终于到了北京

现在是零点，新的一天还在梦中
我背负行囊，嘴唇沉默，很是激动
终于又看见你了，久违的北京

从广州到北京，一路忧心、一路风尘
北京真美，月光清凉，月色朦胧
从天空到大地，北京闪烁不灭的灯

北京的风真大，我禁不住有些寒冷
风中的站牌，风中的你一直在等
每一次想见到北京，我必须风雨兼程

八小时晚点不算太长，只是有点紧张
想想人生多次迟到，这也不算凄凉
学会忍耐和坚守，一切希望都会是希望

喝杯热茶，点一支烟，打开大门和窗
黑暗中的昌平，海子的家，不免黯然神伤
北京，你是生长梦想的地方

我举头望月，向北京问一声：早上好

明天的北京，太阳升起，更有诗情到碧霄

我的北京，你为何总让我魂牵梦绕？

62　我爱武汉，最爱武汉的冬天

我爱武汉，最爱武汉的冬天

风是刺骨的寒，天空湛蓝而深邃

我爱古琴台的槐树

枯枝寒叶，让我绿色地想像

我爱东湖的花，尤其是玫瑰花

我送出好几朵，都凋谢了

最美的花最易受伤，最先枯萎

花上的刺渗出血，把心也刺痛了

冬天，我到武汉来

总得想起点什么，比如宏大叙事

比如高山流水，比如诗人命犯桃花

比如六渡桥的轮渡码头

紧闭的门把我卡住

也曾卡住过一个女人

樱花一般鲜活，樱花一样匆匆消逝

我们偶然卡在一起，便在劫难逃

我爱武汉，最爱武汉的冬天

夕阳里的车流，在寒冬停滞不前

可惜还没有下雪

要是下场雪该多美呀

我可以在雪上写诗，写武汉英雄气

写天风吹得香零落，还写江城的烟火味

排列成众志成城的精致词汇

指点江山风景，人心所向

冬天，我到武汉来

总得干点什么，比如吃一碗热干面

比如抬头仰望一蓝如洗的天

比如登临雾中的黄鹤楼

极目楚天，直挂云帆济沧海

我站在武汉的冬天里

迎接风的吹拂，吹过武汉寒风的人

生命即使脆弱，也脱胎换骨

63 每一次回武汉心里总是暖暖的

每一次回武汉心里总是暖暖的

古琴台的七弦，仿佛有人

在弹奏我的名字

武汉的名字更美，阳刚大气

直率得像鹦鹉洲的水杉树

每一次回武汉，天空一蓝如洗

暮霭晨钟，江两岸摇曳玉兰和桃花

突然遭受一场劫难

让美若天仙的你，忧心忡忡

武汉美在冬天，黄鹤楼梅影灼灼

烟波江上玉笛声碎，灯火摇曳

依依的长桥踏雪无痕

江城的身材总是出落得

如此玲珑剔透，让人目不暇接

今夜的武汉却格外宁静

伤痛突如其来，你的大门紧闭

把生死置之度外，我的江城

又一次做出英雄的壮举

祖国不会忘记，四面八方的手

握在一起共度时艰

你的疼痛也是我身上的一处伤口
武汉，远方的人在想你
爱你的人期待你早日开门
暖风掠过，你的病痛终会消除
寒冬里的你，依旧光彩照人

而我最喜欢你的夜晚
月光似雪，落在古槐的枝桠上
寒冷笼罩江城
一曲离骚响彻在耳鼓
长太息以掩涕兮，哀民生之多艰
我突然感到正月的春雨
孕育一场惨烈的战斗
与病魔抢生命，与死神拼速度
荡涤城市的荒诞与浮华
为武汉出力，远比简单赞美更有价值
每个人做一点小事
都会化作黄鹤楼上最纯情的阳光
从外表到内心，鲜亮如初
青春如许，爱的金色在江上流动
日出东方，又是一座美丽干净的城

64　重返江城

这么好看的早晨，阳光灿烂，天空
一蓝如洗，我的心不要那么厉害地跳
脱胎换骨的武汉，你在哪里？

多少年在梦中，我一回回寻找你
我的青春在这里成长，我的爱埋在这里
江城，你是我生命中拔不出的那根刺

黄鹤一去不返，留下晴川历历，汉阳古树
龟蛇锁大江，烟雨迷茫，人生扑朔迷离
在武汉，我最大的亮点就是一无所有

每天，你画一只小鸟让我高飞
桂花树下，含情脉脉，青春无悔
暮色苍茫，我的那只小鸟再也没有回

重返江城，我又是脚步匆匆
你的樱花如雪，你的笑里有忧伤的内容
沉默的眼睛在闪亮，一盏不灭的灯

大江东去，浪花淘尽英雄也淘尽罪过

青春无法复制，其实一切的过去都不会过
高山流水，我不知五月梅花还会不会落

一抹朝霞染红天际，南北飞架，一日千里
红与黑，罪与罚，每一滴江水都是记忆
茫茫尘世，我来还是不来，武汉就在这里

65 武汉，我爱你

漫步长江大桥，江水平静地向东流去
黄鹤楼就在那里，我坐过的地方没有了
往日痕迹，我该不该还说：武汉，我爱你

半轮弯月独上柳梢头，无人约我黄昏之后
从来都没有什么归来如少年
我们相忘于江湖，只道天凉好个秋

青春很美，但青春短暂如流水
梦里婵娟，还酹江月，爱是一只船
要么在大江上颠簸，要么搁浅在堤岸

也许还有些想象，否则人生该是多么
黯然神伤，古琴台上凤凰游，满庭芳草
蝶舞恋花，一杯清酒浮动一江月光

武汉，我只想在你的岸边坐一坐
日暮乡关，倾听那沉舟侧畔千帆过
琴弦已断，所有的知音终成生命的过客

我只是武汉的一个远方的人，别问我

来自哪里，萋萋芳草，一朵流云
爱在武汉，我才活得如此自由如此干净

66　一轮明月带我来清远

一轮明月带我来清远
群山空濛，风在树叶间消逝
在黑暗里流水闪烁
不知为什么，这个世界寂静得
听得见我的心跳
难道我真是一个爱激动的人
胸无城府，在选择时轻易迷茫
在美的瞬间丧失理智
幸亏我没有迷路，我不会迷路
田野荒凉，乡村路曲曲折折
鸟儿在林中低叫
我不会迷路，十六的月亮
没那么圆，挂在我的头顶之上
在没有阳光的黑夜
拥有一轮明月是幸运的
光明不会终结，正如我相信
爱过的人和事会长久地爱下去

一轮明月带我来清远
仿佛一首诗的意境
仿佛悲凉的心落下一滴清水

这个世界，除了爱

其实我们再也没有留下什么

爱是人类的礼物

比虚构的文字和仓促的生命

活得更久，比在废墟上

重建的高大宫殿活得更久

今天，第一次来清远

森林覆盖远山，乡野的春天

弥漫鸟儿的事迹

更有一汪清泉洗涤我的灵魂

我是否曾经在这里居住过

才有这么美的短语

丈量我自由生命的高度

67 清远，一首诗的意境

清远，一首诗的意境
一个纯粹词，农历十六的月亮
泉水般流在石头上
如果此时有一只翅膀宽大的鸟
从松林间突然冲出
我是否冲动得像个少年
对清远仓促下手

第一次到清远，恰巧又在夜晚
暮色朦胧，美与丑难以分清
一轮明月，如一枚女子
从月宫下凡，带来桂花的香味
第一次总是难忘的
即使粗糙，也把它想像成美感
很回味的样子

与清远的第一次，激情四射
穿着开拓者的皮靴
所谓的爱情都是征服的
你征服了我的心
我就征服你的山水
这世界，才有了死去活来的美

今夜，我要离开清远了

从黑暗中来，在黑暗中匆忙离去

但今夜没有月亮

月亮是为相逢准备的

离别只有泪水和冷风，还有雾

不知未来魂归何处

那些朝思暮想，那些一见钟情

都淹没于时间的假设

正如一枝玫瑰，最美的时刻

绽开在带露的瞬间

幸福不会替换

当然也不会重来

刻骨铭心的爱常来自于偶然

我第一次来，也许是最后一次

醉在清远，酒醒也在清远

万种风情模糊不清

总有一种偷偷摸摸的感觉

68　又见小蛮腰

每次见到你我就心动
城市迷茫，陶醉于美艳的人
终将毁于颜色，我是逃不掉了
你风姿绰约，有开桃花的
火红火辣的，还有洁白的月光
活色生香，难以琢磨
正如命运一样光怪陆离
我觉得，夜晚的你才是最美的
尤其在这样的春夜
你变幻莫测，从不消停
腰身还保持蛮好看的弧形
填满痛和欲望，趁我们正青春
何不把城市的风景
看上一遍，把孤独和苦也尝一遍
把梦做得更扎实一些
很多生命是在虚幻中完成的
你的小蛮腰尤其虚幻
诱惑月色和春情，难以自拔
这个世界充满假象
唯有痛楚从来不会对我说谎
我该如何爱，如何追逐

总有一些春天，会让我们明白

活着是为了什么

每次见到你我就心动

城市空空荡荡，有你就不空荡

趁我们还青春，就放纵地爱一回

谁让你在每个夜晚

都怒放得如此风情万种

69　到珠海来

到珠海来，找一片寂静的海
或者一棵椰子树，牵挂远走的人

那时我们多么年轻，清亮得像水一样
风转动着树叶，如同转动你的纽扣

多少年过去，海还是那般轻柔
海水辉映遥远的蓝天

我一个人走，看海上朦胧的山
我不知这是回望还是寻觅

苍茫尘世，我们一起走过风雨
还有大海的雾，还爱过，该是多么幸运

到珠海来，一切新鲜如初，时间变了
一切都会改变，不指望还有人陪我走路

这个世界，每年春光灿烂，有人相遇
就有人别离，如海鸟突然从波浪里飞起

最美的爱是回忆中的爱

思念的浪花，浸透我的灵魂

70　我一直想，住进一所有花的房子

我一直想，住进一所有花的房子

在海边，倾听浪花的声音

芙蓉花开放的声音

还有椰子花落地的声音

白云飘在风中，蓝天

如一面镜子，照亮这个世界

此刻，假如有一场暴风雨来临

我会不会告别有花的房子

像一只海燕，飞翔在乌云和闪电之间

在大海上喊叫，找寻大海的方向

我一直想，住进一所有花的房子

与相爱的人一起住

找回最简单的幸福，美好的瞬间

常常在细微处完成

从此，我可以忘记云朵上的雨

和大海的风暴，忘记

蓝天下的椰树，还有多情的凤凰木

只把阳光留住，黑暗中的灵魂

更有梦想与自由

我是否还得留住浪花

满足生命中最深处的一次眺望

但我一直在想

我能否住进一所有花的房子

71 巴河桃花艳

那一年，巴河的桃花开得很艳
粉红与嫩白，开遍了好些个村庄
花瓣落在风中，被流水带走

你的长发飘满香味，赤脚放在水中
在河边蓦然回首，好香的你
故乡桃花就是比其它地方开得好看

你手持桃花向我走来，盈盈笑意
弄得我面红耳赤，太阳的光淌在你唇上
我再不去摘远方桃花，我只摘你

可我摘不到你，一只白帆的船
载走满船桃花，也载走你
我泪眼朦胧，追了你一程又一程

远方的城市高低起伏，桃花四处飞溅
每个春天，最后的桃花
在时间里遗弃，你是最美的一朵

不知你现在何方？在桃花的巴河

我注定是一个过客，犯了你的桃花劫

欠了你的桃花债，我该找谁归还

72 玉门关

总想找到一块地方
也就是好些人渴望的远方
我不知道玉门关算不算
这里天空高远蔚蓝
没有一丝杂色，还有粗砺的沙
碧血黄沙，泪水洗了几千遍
圣洁的地方常常是用血泪洗过的
孤寂空旷，没有那么多
脏乱的皮囊，据说不会污染
还可以折几枝杨柳
穿过玉门关口，心灵会高洁起来
但我没有到过玉门关
只在唐诗里读过秦时明月
因此，不要指望我灵魂纯粹
纯洁无瑕的灵魂
哪能抵抗得住尘世的风霜雨雪
所以我也想去玉门关走走
看大漠孤烟，长河落日
说不定还能在残垣断壁里
遇见一个叫做楼兰的美丽女子
也用泪水把我清洗一遍

那样，在我杂乱无章的生命中
总算活成一回干净的样子

73 月牙泉

月牙泉是沙漠的眼睛

原来水是有形状的

一颗美人泪，珍珠一样的形状

滴落在大漠孤烟中

故乡是回不去了，也不知

魂归何处，从此茫茫大戈壁

就有一片绿洲的胡杨林

蓝天一样水蓝的水

还有尖顶的金色房子

让流浪的心去住

我一直坚信，月牙泉

其实是月亮丢失的一颗牙

洁白地镶在风沙的边缘

让来这里的人，不敢信口雌黄

我还是最爱月牙泉的水

船一样的形状，荡漾得如此孤单

沙漠无边无际，共享一片虚空

有谁能看清自己的足迹

是否在苍茫中迷失

因此，月牙泉独守一束光亮

在浑浊的天地间

你的泉水清澈，永不干涸

洗刷内心的污渍

我要么被你的一滴水穿透

要么被你洁白的牙咬上一口

留下一个光明的疤

那样，我再不会与尘世同流合污了

74　拉　萨

喊出你的名字，拉萨
我的声音就痛，最接近天空的地方
其实最痛，如同最白色的雪
最容易污染，圣洁的拉萨也不例外
你是我最崇拜的神
最远的天空透亮水蓝
万物变得卑微
神秘的布达拉宫闪耀红光
有什么苦难可以说出来
转经筒金光锃亮，永不停息
匍匐前行的人，最终是为了站起来

喊出你的名字，拉萨
我的心就痛，最接近太阳的地方
最容易流泪，一滴圣洁的水
洒在头顶，洗刷我的灵魂
让我活在尘世间，不那么肮脏
寂静的拉萨，你知道我在寻找什么吗
洁白的哈达吉祥如意
红墙的布达拉宫庄严神圣
黄房子净化爱与信仰

我在找最蓝色的仓央嘉措
雪域高原的王，拉萨街头最美的情郎
把爱和忧伤写在雪山上

75　拉萨河边，朗诵仓央嘉措

蓝色的拉萨河，为什么我这样痴狂
伟大的仓央嘉措，雪域高原的王
让我朗诵得如此忧伤

"谁，执我之手，敛我半世癫狂
携我之心，融我半世冰霜
予，执子之手，共赴一世情长"

此刻，神圣的布达拉像雪山一样美
红衣的六世达赖像阳光一样美
黄房子和达瓦卓玛，像月亮一样美

"你见，或者不见，我就在那里
不悲不喜，你爱，或者不爱，爱就在那里
我的手就在你手里，不舍不弃"

拉萨河有你心爱的姑娘，幸福让你陶醉
俯视苍生的王，你为何爱得如此卑微
纵然天崩地裂，陌路苍苍，也决不后悔

"好多年，你一直在我的伤口中幽居

我放下过天地，却从未放下过你
我生命中的千山万水，任你一一告别"

是谁说目击众神死亡的草原野花一片
谁说人世间没有什么东西可以永远
你的爱刻骨铭心，你的誓言如冰山雪莲

蓝色的拉萨河，我感到了爱的力量
因为你，仓央嘉措，布达拉照耀特别的光
最美的王，把爱和自由阐释得如此敞亮

76　河西走廊

我不想去河西走廊

有乌云的地方

祁连山深处，血红的沙枣林

依旧散发一股腥味

我不敢想像戈壁砂砾

是男人的骨头，女人绝望的泪

这群大别山的英雄儿女

故乡的亲人，宁愿让头颅

挂在高台的笼子里

或者跳下悬崖，绝不跪着生

河西走廊，金沙闪烁

针茅草摇曳，石羊河静静流淌

我禁不住打起冷颤

仿佛看到一群男人和女人

衣衫褴褛，怀揣梦想

穿过胡杨林，在血雨腥风的夜里

把河西走廊的漫长白天

变成流泪的墓碑

因此，我必须去河西走廊

这片有日照的地方

光荣与梦想是任何谎言

也遮掩不了的
正如白雪无法覆盖戈壁
芨芨草和苦豆子在石缝里生长
洒一杯青稞酒祭奠亡魂
雪莲花上，已找不到他们的名字
河西走廊，黑葡萄已经熟了
骆驼刺闪烁碧绿的光
它时刻刺痛民族的心灵：
任何为理想而死的人都是不朽的

77　青　海　湖

尘世间有一些地方是干净的
比如青海湖就算一个
如一面宝镜，映照日月
也映照风月，人的脸在镜中闪烁
爱和欲望也闪烁
主要是让人类经常照一照
脸上是微笑还是泪痕
或者鼻子上是否涂有白粉
爱恨情仇，功名利禄，美或丑
在镜中暴露无遗
所以我说，青海湖是一个生命的湖
金露梅开，绿草滩羊群似雪
也称为瑶池，湖水有盐
生命里不可缺少的盐，还有幻觉
湖上飞着一种特别的候鸟
因此，青海湖的天是蓝蓝的天

在一个夏季，我来到青海湖
油菜花开得金黄
满山遍野，我误以为是江南的春季
草长莺飞，天空碧蓝如洗

心里便升腾一些温柔

突然狂风刮来，沙暴漫天

还下了大雨，其实青海湖常年无雨

难道我是一个风雨之人

无论在哪里，生命总不那么顺畅

这场雨湿透我的全身

远方的路一片迷茫，失去了远方

我们的追寻有什么意义

所以，我不愿意再去青海湖

这里美如仙境，祭海祈福

把自由和梦想解释得格外透彻

但我的自由不在这里

我应该去一些风霜雨雪的地方

把如梦的青海湖讲给他们听

望不尽的蓝，金沙点亮你的眼睛

清风掠过湖面，你的心会痛得彻骨

78 敦　煌

我是否要拜完这几千尊佛像

才能看清人的真面目

党河水从身边流过

由南向北，一群人走着

就走成了大漠之神

把相貌和喜怒哀乐雕刻下来

有的人把自己刻成莲花

有的写成偈语，有的用七彩丹霞

装饰飞天壁画，在屋顶胡乱涂抹几下

就是深邃的佛学和智慧

让后世的人穿越丝绸之路

来这里朝拜，祈福苍天

我一直坚信，鬼斧神工的莫高窟里

其实是一群顿悟的普通人

道法经纶在这里汇聚

除恶扬善，不在奢华和欲望中迷失

这才是古老中华最历史的模样

伟大的文明有时免不了开个玩笑

最文化的佛法无边

普渡众生，被一个最没有文化的人

挖掘出来，世界瞠目结舌

原来九色鹿的敦煌

鸣沙山和藏经洞，才是文明的故乡

正如荒凉戈壁的月牙湖

比其他的湖泊还要美

最通俗的道理才让人大彻大悟

岂是一个空字了得

中国人用彩塑，壁画还有方块字

把信仰和技术传播开来

更多的人用音乐和建筑，还有诗歌

讲述他们活过，爱过，争斗过

最搞笑的是，有时他们

就煮一碗青梅酒，也能论个英雄

79　鸣沙山

我站在天地间，倾听声音

风声水声，有候鸟飞天的声音

还有雪莲花在绽放

而鸣沙山的声音与众不同

我不敢相信，难道真的

有珍珠一样的沙子撒落人间

晶莹剔透，一尘不染

五彩流沙发出隆隆脆响

这个世界，有些声音是不可信的

比如：谎言和谄媚

但我看到在鸣沙山，红色的沙

一个劲地呼吸阳光

蓝色的沙倾吐大海的精气

黄色沙如金子叮当作响

白色沙是月亮落下的眼泪

即使有黑色沙，也是提醒我们：

美和生命需要净化

最美的梦里常常藏有暗影

鸣沙山，千姿百态，棱角分明

有的声音清脆，有的雄浑

鸣沙山的声音是沙漠的心跳

比整齐划一的喊叫更让我冲动
比千篇一律的声音
更让我心醉神迷
人类是大自然的杰作，天人合一
地灵万物，我们有什么理由
错过生命的大音希声
还有什么借口错过爱与自由

80 塔尔寺

塔尔寺来自一滴血，母亲的血

圣洁的白旃檀树

是母亲的白发在飘

她的善念在动，菩提树下

顿悟的洛桑扎巴，十万只狮子吼

母亲一定能听到

所以我说：任何佛性都与母性相连

人类是这样，宗喀巴也是这样

一切皆为虚幻，色即是空

我到这里祈祷，双手举过头顶

我四方漂泊，归来时却满身疲惫

我是不是应该拈一片菩提叶

掬一捧圣水，清洗不太干净的灵魂

可脏乱的世界是洗不干净的

就像我们，永远洗不干净

内心的欲念和幽怨

这里金碧辉煌，包罗万象

在苍茫的大草原上显得格外醒目

塔尔寺是草原的根须

一切良善和美从这里开始

甘从苦来，乐蕴悲里

皎月朗星皆收藏于心，端坐如莲

酥油花是草原最美的花

与长明灯交相辉映

喜怒哀乐刻成灵魂的壁画

比美更美，比爱更深

彻悟与因果，大德无言

五彩绣堆把慈悲和爱传遍四面八方

所以塔尔寺，我从远方来

又回到远方去，我什么也无法带走

那就把东方的第一缕曙光

射入我心中吧

晒佛的时刻，佛是大家的

正如尘世的苦难与爱，属于每一个人

81　古长城遗址

我找不到长城的影子，摸不到

时间的温度，风太硬

刻下沧桑与悲鸣

一只寒鸦飞在暮色中

不知多少亡魂埋在沙丘里

断垣残壁，夕阳斜照

不见荒营野草，更不要说

著名的骆驼刺了，天地一片荒凉

所有辉煌过的都会荒凉

正如所有雄伟过的都会矮小萎缩

因此，不必刻意地编织

不朽的传奇，或在恍惚间来个

旧梦重温，没有什么能与时间抗衡

比如长城，比如辉煌的宫殿

还有无数丰功伟绩

倒不如像个诗人来的痛快：

念天地之悠悠，徒怆然而涕下

我在时间上寻找刻度

我不再赞美这残缺的世界

很多美好的一切

其实是我们自己毁掉的
我应该适应一下这荒凉的感觉
如同适应一个英雄的
沦落与失败，也许就是在这里
为博得美人一笑
帝王用烽火戏弄诸侯
从此，很多号令都被认为是谎言
也许真的是孟姜女哭倒长城
碧血黄沙埋葬累累白骨
历史是伟大的，有时也不免庸俗
人心崩溃了，长城就崩溃了
何必把崩塌的罪名安在女人头上
我不再赞美残缺的世界
因为没有任何东西能与时间抗衡
万众一心才是不朽的
聚拢人心，便是众志成城

82 女神维纳斯

维纳斯是大海最美的珍珠
果园的精灵，自由与爱的女神
传说她的手上举了只苹果
目光温柔，泪水洒在白玫瑰上
她倾心一个花样男人
而那个男人却背弃她而去
最终，被猪给咬死了
我相信这个传说
美丽的女人是用来爱的
背叛爱和美的人，总有一天
会受到惩罚，死得很难看

女神维纳斯，是一个希腊农民
从地里挖出来的
当时他的脸上乐开了花
盘算能卖多少钱
美丽的神，在土里埋了好多年
依然亮丽如初
世上的好多男人疯狂地争抢她
男人的病态皆因如此
总想把美与爱据为己有

又想把完美艺术卖个好价钱
难道不知会不得好死吗

反正最后，维纳斯的苹果破碎了
大海般的蓝眼睛也瞎掉了
不愿再看一眼这脏乱的世界
神秘的双臂也折断了
留下这登峰造极的残缺之美
今天，在卢浮宫
我站在她身旁，突然回忆起
好多女人美丽的模样
我在想，真正的艺术和美感
也许都是残缺的
假如维纳斯长有一双完美而平庸的手
我们是否有勇气把它折断

83 阿拉斯，我不知如何描述你

巴黎的雨，一直下到阿拉斯
低矮的纪念碑，我与英雄并肩站立
享受自由与和平

阿拉斯，广场上鲜花盛开
最多的建筑是纪念碑，这些无名的人
死在这里，埋在这里，在这里永恒

罗伯斯庇尔埋在这里，敦刻尔克的亡灵
埋在这里，英雄来自不同地方
灵魂与信仰来自不同地方，护佑这座小城

阿拉斯，巴黎最北方的小镇
拥有大教堂，还有最美的哥特建筑
和平的箴言刻在每一块浮雕上

每一块砖石都是山盟海誓
阿拉斯的白铁铸造圣洁的尖顶
阿拉斯壁毯挂满每一扇窗子

湿滑的大广场，走着不同民族的面孔

他们为自由而来，但更多的人们
是为爱而来，信仰为爱而生

没有人迎接我，人人见了面就不陌生
平和而恋家，一到晚上八点
几乎所有的商店和餐馆都关门了

只剩下孤独的我，走在连绵的细雨中
就像亚当·哈勒，那个伟大的
贫困的游吟诗人，总是找不到吃的

84　读过诗的人，都读过普希金

读过诗的人，都读过普希金
皇村最明亮的少年
从俄罗斯的睡梦中苏醒
把光明与自由写在大海上
写在十二月党人流放的雪地里

四十年前的一个傍晚
我读普希金，在昏暗的角落
诗歌的光芒
第一次剑一般穿透我的灵魂
"假如生活欺骗了你，不要心急"
"心儿永远向往着未来"
"在世间，我活在一个人的心里"

可生活还是欺骗了我
哪怕我在黑暗中，仰望幸福的星辰
哪怕我找回长眠在大海里的船
哪怕我原谅一切背叛
让世界倾听灵魂的碎响

没有什么可以治愈生命的创伤

时间不会，诗歌更不会

在薄情的世界，我们活得深刻

记忆的一切，无所谓高尚或者卑鄙

一切都将过去

一切才可能重新苏醒

我们苦心经营的，那些爱恨情仇

最终，会在一瞬间荡然无存

85 切·格瓦拉

纯粹的红，哈瓦那，加勒比海
最闪亮的珍珠，盛产
屁股最翘的女人和大胡子男人
还有蒙难英雄格瓦拉
戴小金星贝雷帽的格瓦拉
烈焰般飞扬卷发，叼着雪茄
紧锁眉头，在丛林深处
迷惘地寻找南美命运
从此，革命具有了迷人气质：
浪漫与伤感，正义与暴力
世界为之一振
切·格瓦拉，一个带问号的时代

忧郁的蓝，哈瓦那，野火的女人
像甘蔗糖一样甜
格瓦拉，从圣克拉腊的战火中走来
潇洒地吐着烟圈
在战斗和情欲之间飘来飘去
切·格瓦拉，南美洲最明亮的情郎
女人死心塌地，无可救药
格瓦拉的女人，是加勒比海

最动人的漩涡，英雄沉醉
摧枯拉朽，淋漓尽致
用伤感征服女人，用理想征服世界

死亡的美，格瓦拉，二十世纪
最帅气的领袖，革命
要输出在地球的每一粒沙上
用资本家的肠子，勒死
最后一个官僚，但格瓦拉死了
蓬头垢面，大胡子沾满鲜血
怒目圆睁，嘲讽不敢革命的懦夫们
背叛革命的胆小鬼们
又一个耶稣钉在十字架上
理想在哪里？没有答案

如今，在哈瓦那最旧的墙壁上
在纽约繁华的街道上
在巴黎最骚情的女式内衣上
在中国女人性感的耳环上
都可以看到他
格瓦拉，红色罗宾汉
最时尚的商品，一个符号
死亡之美，被战友和敌人放肆消费
一切都面目全非了
二十世纪，格瓦拉们来过了

革命依旧精神焕发
世界就变成今天这个样子
不是最好，也不是最坏

86　向日葵的梵高

黑夜降临，向日葵闪烁金黄
梵高割一只耳朵扔在地上
女人不要耳朵，她们选择花朵衬映裙子

当太阳升起，向日葵仰望天边的金色
他把金色的灵魂献给女人
女人拒绝他的灵魂，她们看上了金子

躁动的梵高，苦难如他脏乱的头发
苍白的脸涂满金色，既然做不了
温暖的情人，就索性做一个精神的病人

从此，他恍惚的世界变得五光十色
就连爱情也金光闪闪
殊不知，真实的世界已面目全非

他的向日葵如此绚烂，浸透生命与血
死于贫困的梵高，与一只耳朵为伴
他的葵花点燃世界，跳动金色的火焰

所有向阳的花朵都是痛苦的

正如所有的天才艺术都是痛苦的
艺术越是强烈明亮，天才的心越是忧伤

87　琵琶湖

琵琶湖沉浸在灿烂的朝霞里
芦苇花飘在风中
琵琶湖，最美的时刻就是清晨
阳光揉碎波浪
蓝天与湖水交相辉映
穿木屐的女人，让桃花与菊花
还有樱花，这些短命的花朵
盛开在和服上，水光闪烁
从此，女人的命运就是一朵花
在芦苇的清风里，在男人的清酒里
在一柄镶菊花的冷剑上
伴随血和流水，一起消逝

崇拜水的民族，沉醉在波光秋色里
琵琶湖是一种神圣
孕育生命的湖
白色和蓝色，还有粉红
清亮得如此极致，保持纯粹
因此，在琵琶湖的温泉里
一日三次的沐浴
就成了民族的一种习惯

如同中国的一日三省

在水中思考，脱去装饰的外衣

生命的优美与缺陷一览无余

回归生命的真实

还有什么比这样的浸泡更有意义

这些从咸味和粗砺的礁石上

站立起来的男人

温习中国的佛教和茶叶

德川家康，丰臣秀吉

还有一休哥，没有祖传的姓名

在彦根城的夕照下，在江户的春色中

在琵琶湖的风烟和风流里

与清酒和剑为伴，跟着太阳同行

88 祖国，我要回家

无论我是走得最近还是最远
蓝色的日本海，波浪如金子般闪耀
清茶爽口，我越是能听到故乡的鸟鸣

是最熟悉的辣味把我唤醒
在中国新年，我沉醉在樱花之美
一望无际的流浪与火焰

为什么我的心变得如此空洞和冷
浮华的背后是虚空，活在异乡的人
再激动的旅途，也漏洞百出

家是母亲守候的地方，老婆抱怨的地方
没有龙虾和葡萄酒，没有高谈阔论
没有彬彬有礼，没有勒紧的西装革履

那街头的一根油条，散发香味的剁椒鱼头
蕲春油姜，热干面、湖北鸭脖子
灌满乡愁的九孔莲藕，才是我的家

旧墙壁上的水渍，堆满旧书和票根的

木头桌子，我可以脱光斜躺在床上
一觉睡到第二天太阳西沉，才是我的家

我可以高声说话，把烟头扔到马桶里
让老婆气得不行，我自由地放肆
自由地抒情，在家里我才是最自由的

因此，我的祖国，我要回家

第五辑
_____

发生在身边的事情

89　我　是　谁

我是谁？西装革履，头发闪亮

比甲壳虫的脊背还要亮

高端大气的场合，风度翩翩

握手，正襟危坐

倾听光明的憧憬和计划

桌上摆着伟大的书

精致的笔记本，镶金边的圆珠笔

记录重要人物的关键词

还有咳嗽和停顿，喝水的声音

如果目光相遇，就点头赞许

我的日子如此重要

充满理想与奋斗精神

对未来无限期待

我的每一天，动作娴熟

定时上三次厕所，换三次茶叶水

也许四次，重复别人的修辞

侃侃而谈，结构严谨

有时也会用一句先哲的口语

点亮完美的结尾

然而，我已经认不出自己了

谁能告诉我，我是谁？

或者反问一下自己：我该是谁？

我该是一个披散长发的人
在竹林深处，弹奏绝唱《广陵散》
或者做个古希腊犬儒
洒脱地对权贵们说：
让开，别挡住我的阳光
至少也得做个令狐少侠，斜插宝剑
把酒临风，与女人一起笑傲江湖
最起码也要做一个三流诗人
把忧伤写在脸上，要么搞些隐喻
要么把心灵鸡汤灌进诗里
当然也少不了愤世嫉俗
吐几句口水，哄骗单纯的女人
但我已经认不出自己了
我活着，如一只麋鹿，活得很快乐
每天重复地问：我是谁？

90　人体沙画

每个人就该是这个样子

蛰伏在沙山上

生命如沙一样流失

生存也该是这个样子

瘫倒在尘世中，为活着而努力

我们出生的时刻

就是这个样子，蜷缩

在胎盘里，等待命运的宣判

我们死去的时候

也会是这个样子，像一只虾米

僵硬地蜷缩一团

因此，当我们活得意气风发

无须盛气凌人，要爱这片土地

爱身边经过你的人

因为我们最终就是这个样子

落日残阳，魂断沙丘

但我们依旧幸运

无论是生老病死，黑白红蓝

我们都活成了一幅画

雕刻在记忆中

时间的沙垒起一座山

不会轻易抹去，好多生命

伏在上面，组成山脉与河流

风吹过的时候

假如太阳能从天上看见我们

我相信也会感到震撼

一个大写的人

就这样恢弘地卧在大地上

91 一只鸟

在春天，尤其在梅雨时节

我经常看见一只鸟站在枝头

我不认识这是什么鸟

灰色的羽毛，灰色的眼睛

也许它是翠绿的

或者是纯白的，在岁月的尘土中

渐渐变灰了，我一直觉得

鸟儿最喜欢的季节应该是春天

一缕鸟影，飞在蓝天

把优美和空旷解释得格外别致

但与泥土保持一样的颜色

也是鸟的一种活法

在雨中坚守，最后在雨中死去

终归是鸟的宿命

这样的结局，与人类极其相似

在风雨里活，如履薄冰

目光敏锐，嘴唇保持沉默

嘈杂的人间，谁没有难言之隐

面对无法预料的季节

更多的时候，我们选择虚度光阴

我在想，如果我们活得像只鸟

羽毛该保留什么样的颜色
是金黄还是褐色
或者是红色，更多的应该是灰色
不黑不白，站在春天或金秋里
或站在雪地上，谈些鸟事
一切都不重要了
鸟在自由的时刻，飞翔都带着声音

92 孤 舟

我一直在想，我们心里
是否也有这样一条船
摇晃在波浪上
野渡无人，孤舟横在湖面
等待与野鸭和大雁
会飞的鸟，一起进入芦花深处
这个时代，有谁不想
留下一个角落
安歇诸如灵魂一类的东西
除了这一小片自由
我们并不拥有更多的财富
湖水如此苍茫，目光如此敏感
片刻的安宁，对于我们
是多么弥足珍贵
芦花絮飞起来，夕阳落下来
天地起伏，船也起伏
命运捉摸不定，晚霞里的波浪线
如一张选择题，催促
我们给出最后答案
答案飘在风中，难以选择
芦花深处的秘密，我们没有看透

水鸟的颜色模糊不清
站在船头，调整一个最佳角度
把飘拂的芦花握在手中
看晚风还能朝哪个方向吹

93 拜 年

拜年了，鞭炮声那样深沉
美的词汇从心底升起
活着就是美好，一切细节
都那样生动，温暖得像除夕的灯笼
遥远的人同样生动
你们不在我身边，有些累了
或者其他原因，像树叶挂在雨中
这并不妨碍我一个劲地想你
并不妨碍把你融化在心里
思念如流水，流淌在每一个角落
水的力量不因距离而减弱
尘世的一切都可以辨别
美的或者丑的，相知的或相背的
只因灵魂的某些疲惫而沉默
也因时光的变幻而深刻
这个夜晚，星光灿烂
比往日任何时候都要灿烂
木棉花在春风里又要开放了
生命在树影下格外平和
此刻，美的和爱的才是我最期待的
我想在夜空下把你们找回

我思念一切爱过的人

我知道你们也曾彻骨地爱过

94 送 行

在寒冬与寒风中前行的人
注定与众不同
我们一直寻找自己，有一团火
在灵魂里燃烧
很多时候，我们总是优柔寡断
在成败和权衡中消耗自己
蜷缩得如一只蚕蛹
那么，就让今天的一缕红光
点染你的脸庞，聚集力量
在新年和旧年之间
铺垫美丽的词汇
比春天的豌豆花还有美
如：坚守、忍耐、梦与平安
一颗明澈之心，融进冷风与暖色
我认为，我应该是一座桥
架设在流水和晨曦之间
你们如奔马，在天地间一骑绝尘

95 大扫除

标语说：大扫除是一场运动
就是扫除桌上的灰
清理墙角边最旧的书信
还有做作的情诗
应该是某一次醉酒后留下的
至于烟头、酒瓶和破口罩
连同枯萎的花枝一起扫除吧
房间如此凌乱
像文人的头发一样凌乱
大扫除就是把身体清洗一遍
那些奇形怪状的梦
那些乱七八糟的欲念
那么多脏东西环绕在心里
怪不得活得如此沉重
好多垃圾都是我们人为制造的
好多垃圾都是眼睛看不到的
箴言和谎言铸成一条锁链
禁锢双手和脑袋
有谁不是在一个圆圈里活着
在镣铐上跳舞，或生或死
活得不太畅快，死得也不自在

该是进行大扫除了
拿起扫把，或者抹布
提一桶清水，清洗房间和灵魂
伟人说过：扫帚不到
灰尘照例不会自己跑掉
如果每人都持有一把扫帚
我们是否有勇气清扫灰尘的自己

96　在房间里

我喜欢呆在房间里

把头埋进臂弯，做梦或者沉默

这是保护自己的一种方式

也有开窗，让阳光进来

流过树枝，风送来三角梅的香味

红蜻蜓和鸟飞过蓝天

此刻站在窗口，挥手远望

我就觉得自己活得像个伟人

指点江山，激扬文字

探究世界的漏洞，看风云变幻

但更多的时候，我拉满窗帘

把风雨挡在门外

冷色的壁纸挂满油画

有梵高的向日葵

也挂一幅变形的人体画

从此当个凡人，至多当个诗人

睡在夜色里，倾听雨声

这样也活得灿烂

偶尔生个病，经常不着调

就深爱一回，让自己不那么浅薄

我喜欢呆在房间里

远离尘嚣，把房间打扫干净
我知道永远扫不干净
那就索性把书一类的东西
扔得满屋都是，太干净的地方
会让我失去对生命的想像
此刻，我就想像我的房间是一只船
在茫茫尘世间，晃来晃去

97　我就不配做一个什么诗人

我就不配做一个什么诗人
也不配做一个情人
我活在秩序中，像一张纸
不知如何在上面写字
更不知是用正楷，还是草书
有时候扭曲得可爱
觉得这个世界的花朵都属于我
却偏偏丢失一朵玫瑰
我沉迷于石头的某一个棱角
坚持在平淡的表面
划一条痕，却像划在玻璃上
尖锐得让人恐惧
这个时代，热爱诗的人是极少的
更多的是装着爱诗的样子
活着不是罪过，但写诗却很危险
没有谁在意花朵凋零时
秋光中还坐着一个赞美花朵的人
没有谁在意风雨来临
林中的某一只鸟还在叫唤
好多手艺适合在秩序里珍藏
最好活成一条鱼

潜伏在大海中，与更多的鱼在一起
如果有一天，很不幸地
被大网捞出，那就做一只龙虾
彩色的，至少卖个好价钱

98　父亲节的六月

六月，父亲最大的困惑

就是从一杯茶里找出蚊子

它们吸过他的血

有的落在水中，有的飞走了

等待下一次再来吸

父亲不知道是喝掉还是倒掉

所以在一些黄昏

夕阳还有余晖的时候

父亲就拿起茶杯，对着光亮找

茶叶在水里浮动

就像好多蚊子在游动

所以，父亲活得很压抑

在那么宁静的时刻

想喝杯清茶都如此难受

他经常分不清是茶叶还是蚊子

那些吸血的东西

他忘不了，就像那些

躲在暗处叮咬别人的人

伤害性不大，侮辱性却极强

这让父亲活得

哭笑不得，又难以释怀

99　新　生　们

新生们来了，满是稚气的脸

对未来无限期待

如含苞的花，在秋日的阳光下

格外耀眼，我的眼睛就晃了一下

在物化生活的缝隙

梦的灵魂让世界平衡

这样的时刻，值得我们珍惜

我不想说梦会破碎

他们自己会知道什么时候破碎

秋夜里遇到一些冷

眼角不可避免地转动暗影

生命的花朵开放在

不规则的风里

我与他们谈论改变与创造

雪地的美感，爱的感动

如流水一样转折

同样是命运的又一次新生

做一只自由的鸟吧，蝴蝶也行

在翅膀轻盈的时候，尽量飞高些

100 望着窗外，我潮湿难忍

望着窗外，我潮湿难忍
三月的广州，白墙壁挂满水珠
三月看着我，一副嘲弄揶揄的样子

阳台上的桂花，不知我的想法
芬芳属于了别人，尤其是我家女人
她说三月很美，我在挠痒与痛楚

有些话必须说出来，三月，女人花开了
而我不得不煎熬，广州湿漉漉的
摸不透的天气与我格格不入

不是我一个人与时间产生冲突
杨花柳絮的日子，风从不同的方向来
没有寒冷与痛感，诗歌还剩下什么

三月，我潮湿难忍，衣服潮湿
皮肤潮湿粗糙，连给远方的书信
也弄湿了，我的爱无法到达

好雨知时节，这样的三月我浑身湿疹

绿草地是美的，风雨和虹也是美的
三月没有什么隐喻，绚烂的花在风中落下

别人用彩笔画下春天，而我在身上涂药
夏天的热浪又使我酷热难当
这个世界，不要怪我变得如此忐忑不安

101 旧 居

住过的地方都不会忘

有时你会突然想起

在哪一面墙上留下指纹印

在哪一扇门背后

你帮女人挂过漂亮的袖珍手包

在哪一张床上你睡得最香

最孤单的日子

你与这个世界格格不入

在旧居里，你才活得像个人

自由得不知干些什么

随意把脏裤子丢在沙发上

一朵花枯萎了，你还对着花朵发呆

茶几上是几天前未吃完的方便面

弥漫酸辣的味道

谁没有过几天这样酸辣的生活

夜深的时刻，你会想起

一些遥远的脸，还有窗外的鸟叫

世间的路有千万条

你偏选择人迹更少的那一条

从此走上陌生的路

外面的世界，早已物是人非了

这就是为什么旧居让你回望
在嘈杂的人间，洗去铅华
实际上是洗去一种距离
重新获得你对旧居的亲切感

102　庚子年中秋帖

庚子年中秋，与国庆同一天
几十年一遇，难道命运这般巧合
历经劫难的中国
终于有特殊的一天，双重庆祝
可以安全地看月亮
甜腻地吃月饼，全家大团圆
一起去看壮美河山
朋友围坐在一起，不戴口罩
喝点小酒，吹吹牛
彼此开始信任，可以握着手说话了
说句真话，不再害怕有人封杀你
而我就更高兴了
我的诗可以不用暗角、良知
树疤、雪和夜雨等等暗喻
把自己搞的得格外沉重
从此用最直接的词
把爱情写得特别风花雪月
爱美人、爱江山、爱桃花，爱你
把你的长发绕在我指上
就写得这么低俗
幸福来临，你能把我怎么样

我也不是什么一流诗人

写得如此腻歪，你又能把我怎么样

中秋到了，月光下随地一坐

我有月饼吃，甜得我牙痛

我有月亮看，和喜欢的你一起看

我还有风花雪月写

这简单的快乐来得多么不容易

103　我是普通人

相比爱聪慧的女人
我更爱漂亮的，甚至妖艳的
我知道，这让我活得腰酸背痛
如同在黄昏的海
我钓起第一条上钩的鱼
无论大小，我都格外开心
也许有人说我活得浅薄
不懂生命的意义
人生多苦难，要那么深刻干什么
时间是一只杯子
里面的茶水经常变味
在蓝色的海上
我追逐沙滩，阳光和冲浪
还有五颜六色的女人
是何等快乐，在汹涌的大海
快乐是一只彩色龙虾
随时会让人吃掉
何必费力地探求海底的奥秘
深不可测，那些事情
自有伟大的人去干
我只是一个普通人，还很懦弱

沉默的多数人中的一个
扭曲得如同一条沙虫
我活着的全部意义在于
有一间房子、一袋米
一张床，灾难来临
还有一堵墙能够支撑
如果有一本诗集，就岁月静好了

104　胡　杨

一棵胡杨站在沙漠里
心形的叶子几乎被狂风吹落
满树结疤，被刀剑砍过
被雷电劈过，就像一些有梦想的人
这个世界怎会轻易放过他
这是我崇拜胡杨的理由
倾斜在碧血黄沙里
千年不腐，挺立如风的形状
让我们禁不住想到自己
活得忍辱负重，却依旧生机盎然
胡杨树是扭曲的，枝杈
也是扭曲的，如果不活得顽强
如何抵抗那么多风霜雨雪
也有灿烂的日子，在花开季节
阳光穿透浓密的叶子
天地苍茫，大漠胡杨金光闪烁
一个光的问号，醒目得如长河落日
此刻，如果有一个人
摘一朵格桑花放在树杈上
又有多少我们，在蓝天下浮想联翩

105 双圆彩虹

彩虹悬挂在珠江上，划一个圆

分割天空与大地

一切道路都会受到阻隔

但天上的路不会

任何天路都是彩色的

至少有七种颜色，供我选择

我可以选择红色的那一条

也可以选蓝色的那一条

还可以选择最黄色的那一条

我沉默地走

沿着阳光的方向走

或者沿着夜色的方向走

或在原地晕头转向

生命就是个循环

有谁不是在寻找不同的圆圈

我知道我会消失

消失在悲喜交加的地方

你们再也找不到我

这嘈杂的世界，我呆得太久了

我的激情已经暗淡

我的爱渐渐消失

我必须做出新的抉择
选一条我喜欢的路
或许是一条单程的风雨路
没有彩虹，也绝不回头

106　有一个叫残雪的女人，不爱热闹

有一个叫残雪的女人

不爱热闹，不爱交朋友

也不爱在黄泥街头博点名声

她知道做一个人

活得有多么不容易

她重新拿起针线

缝补破碎的灵魂，还有春天

她住的地方有些潮湿

有许多冰窖的房子

空旷的黑屋，污水上的肥皂泡

还有死蜻蜓和松毛虫

窥视的眼睛，她很胆怯

索性躲起来，把自己变成一座迷宫

让想进来的人找不到入口

我庆幸没有找到入口

我不想看断垣残壁的风景

不想听水泡的破裂声

生活本不高雅，我看惯了

黑暗的地母，还有野兽的变脸

我为何要在灵魂的小屋里

与苍老的浮云

还有死蟑螂再次重逢

秋季来临，空气热腾起来

好些人满面红光

而一个叫残雪的女人

站在断桥的尽头

我看见她莞尔一笑

心灵与天空再一次对话

她是一条谜语，有黑色的花边

世界永远猜不透她

107　武则天无字碑

碑上没有刻字，大漠孤烟

缠绕在花纹之上，是八条螭龙纹

长河落日斜照，黄沙碧血

风雨无法洗刷掉它

千年女皇，最终还是没有超凡脱俗

游龙上飘舞着一缕凤影

双目凝望长空

千秋功过，任人随意评说

我一直不明白，为什么一个女人

就不能刻下丰功伟绩

留下这巨大空白，让后人窃窃私语

历史是伟大的，有时也不免庸俗

尤其是谈论女人就格外来劲

寥寥几笔怎能勾勒出

她延续贞观血脉，为开元之治

承上启下，却津津乐道

女皇的风流韵事

仿佛帝国离开了男人就一无是处

多少亡国之君，纵情于

羞花闭月，在烽火中荒唐嬉戏

在山水间也留点笔墨意境

空落得一副男性皮囊，魂断荒丘

一抹残阳带我来到这里

无字碑前，我触摸她心底的忧伤

仿佛与一个太行女子

在冷风中饮酒论茶

莫不是这个世界太过嘈杂

选一块清静之地，安歇一下灵魂

她本可以在窗下浅吟低唱

在月光下鸳鸯戏水

大唐江山，也是她男人的江山

被男人们弄得乱七八糟

难为她，穿绣裙的武媚娘

一腔深情变成刀剑，延续李唐香火

青山远黛，夕阳一片迷茫

历史在好多瞬间其实也很迷茫

莫非是她不屑于在碑上

留下点什么，还是把自己编成

无解的谜语，让千秋万代胡思乱想

108　马踏飞燕

我喜欢马，尤其是奔马

最好是赤兔马，白色的也行

在西风里呼啸而过

什么楼船夜雪，什么如血残阳

都在马蹄声声里破碎

如果有一片青草地，月光似雪

奔马会不会停下来

大漠的花开得艳丽，也不知

它该独守那一朵

忠诚的马，目光如闪电

常常被忠诚所伤

马背上，王朝的影子在晃动

多少兴衰沉浮，烛影斧声

祸起萧墙，荣光和罪过集于一身

无言的悲鸣，是不愿

让无情的人类为所欲为

时间是公正的，挥长鞭的帝王

早已消失在苍茫暮色中

却留下奔马，青铜的奔马

活灵活现，完美得如同一面旗帜

有多少委屈要喊出来

才有腾空飞起，飒爽狂飙
我一直不明白的是
同样是飞翔，有相同的愿望
为何把燕子踩在脚下

109 观《新贵妃醉酒》

她的腰肢和醉眼充满诱惑

江山已放浪形骸

回眸一笑，便可倾国倾城

一杯冷酒使山川变色

原本不该这样，我看到的

是帝王的三千宠爱，春宵苦短

一片冰轮月光，醉和春色

历史就是滑稽

常把最美的女人与祸水连在一起

编织风流韵事

仿佛王朝的呜咽和沉沦

来自女人的霓裳羽衣，风情万种

好在历史最终由时间书写

一个王朝病了，梅花

也就病了，雪花落下来

天空注定黄埃散漫，寒风萧索

杀一个女人算什么本事

夜雨断肠，碧落黄泉

成全她梨花带雨，千娇百媚

舞榭歌台，更增添了

她那几分云鬓花颜，绝代芳华

110 有感宋徽宗真容复原

九百多年过去了，终于看到你

秀雅俊逸，骄奢风流

北宋是不幸的，你更是不幸的

春花秋月的帝王

终究保不住万里江山

历史免不了循环，你是简单重复

南唐后主的一江春水

淹没不堪的故国，而你

连回首月明的瞬间都没有留下

醉生梦死的你，抵抗不了

金人的铁蹄，你的子民流离失所

你的女人瓜分殆尽

艺术面对刀剑，终将皮无完肤

我不知是感叹还是悲哀

瘦金体折弯了血管

撇得飘逸，捺得遒劲

但你的骨头软了，铁划银钩

勾不出金戈铁马

青花瓷碎了一地，梅花落满酒杯

东坡先生的伟大北宋

成了你手中玩物

沉鱼落雁的花魁也是一个玩物

浅酒软玉，还与诗人分享

所以诗人总是倒霉

莫非从那时就沾了晦气

亡国之君，纵然是千古画帝有什么用

空留下荒丘冷雪，落日残阳

评说帝王的千秋罪过

远比惊叹某些艺术要深刻得多

111 终于有个周末

终于有个周末，我可以
睡一回懒觉了
放肆地躺在床上
阳台外的秋天与我无关
小蛮腰与我无关
花朵和落叶与我无关
美与丑与我无关
闭上眼睛，这个世界与我无关

总是匆匆早起，挤进汹涌的人流
在风中寻找路的拐角
没入街灯的倒影
满天朝霞引领新的道路
也遇到大雨，打湿背上的行囊
谁都想赶上第一班地铁
在座位上偷偷地啃完面包
如果运气好，身边
坐一个粉红女郎
在美丽的邂逅中，开始新的一天

活在低处，脚步总是匆忙

生命如齿轮，日复一日地循环
这是人类的痛处
有谁不是在重复生存的技能
活着的方式，枯燥又能怎么样
与世无争又怎么样
有谁不想把人生的椅子
向前挪动几排
那么多意外的手指敲击命运
让我们无可奈何
呡一口茶叶水，翻开原始的底稿
我依然会读到：
生存、疲惫、怀疑和梦想

终于有个周末，睡一回懒觉
我的夜晚终于比白天
更漫长一些，自在的时光
终于比禁锢更漫长一些
十一月，窗外的银杏长得茂盛
水塘里的荷花枯萎了
枫叶里的鸟儿一个劲地啁啾
秋色满天，抖落金黄果实
我不想去看，更不会去想像
新的一天，好不容易
遇上个周末，我，大睡一场

112　裂　缝

裂缝裂在石头上，尤其是大石头
长出青草或者开花，随风飘荡
如果有一场雪袭来，草和花都会枯萎

有时候，会有几个登山的人
在石头上熟睡，风从裂缝里吹进来
在他们的背上留下冷颤

他们从睡眠中醒来，不停的问：
为什么石头上有一条裂缝
什么样的神圣力量分裂石头，伤痕累累

一切事物都有裂缝，比如树，比如人心
此刻，我相像石头上站着一只鸟
他们从裂缝里啄出虫子，饱餐一顿

113 若干年后，假如人们

若干年后，假如人们

陌生得擦肩而过，还有性灵的诗

有良知和自由

在书中找出名字，在美感中

相逢彼此，这个世界

其实没有谁能留下点什么

从尘土中来，又回尘土中去

孑然一身，了无牵挂

但诗人不同，生命消逝

剩下空洞的躯壳，却留下诗歌

灵魂里闪耀特别的光

那些美的瞬间，依旧让人激动不已

他们拯救不了世界

破碎的月亮，短暂的爱

谎言里的灾难，他们拯救不了

他们把诗歌写得纯粹

在寒冬或者春天，如一杯茶

抚慰心灵，高远的天空下

当乌云落满肩头，他们活得尊严

他们忧伤过、欢乐过

还爱过，但从来没有随波逐流

114　我热爱的雪季停在不远处

我热爱的雪季停在不远处

天地一片苍茫，白雪覆盖山岗

天空低垂而寂静

看不清远方的事物和风景

真实的世界已面目全非

活在雪里的人

追逐阳光和月色

人到中年，寒冷如我的血液

侵透在骨髓深处

鸟儿落荒而逃

我睡不着觉，满眼恍惚金色

每天从暗影中醒来，一阵昏眩

我到底担忧什么

乡村的饮烟已经升起

梅花已经开放，爱过的人美丽如初

我们活着，随波逐流

像石缝中的一根草，风雪来临

我们顺风而倒，格外纯洁

我爱的雪季停在不远处

保持寒冷与饥饿，生命更加清醒

我不知为何总是热爱冬天的雪

与春天的花擦肩而过

也许是命运已写好剧本

我们念着台词

一直表演下去，在灵魂的雪线上

让雪花随意飞翔

这种欲望格外直白，不像诗歌

总搞一些莫名其妙的隐喻

在冬天，更多的渴望

是等待一场大雪，刺骨的寒冷

像一把刀，把生命解剖得皮无完肤

115　夏夜与问剑兄弟

你喜欢收集暮色，还有粉红裙子
这说明你还在渴望
而我没有渴望，暮色被你收走了
只留下夜色让我钟情
我熟悉它们，如同熟悉
我凹陷的鼻梁和背上的伤疤
那是在夜色里留下的
一个风雪之夜，一个女人
带走了粉红裙子
她的背影是夜色里最痛的火焰
一抹雪影藏在心中
从此好多暮色都蒙上一层黑布
幸亏眼睛还是亮的
我没有在夜色里随波逐流

116　暗　道

不是第一次，也不是最后一次
这些艺术或哲学，还有诗歌
如果不穿过黑暗的弯道
让它们如何闪光，射入灵魂深处
地面布满污渍，像在白纸上
滴下墨汁，染黑追寻者的鞋跟
多少人打开逼窄的窗口
就有多少人从阴影中醒来
阴影是光明的底色
如同拐角处的红色灭火器
在一切艺术和哲理
极度狂热的瞬间，喷出白色泡沫
该是冷静思考的时候了
我们已经没时间与黑暗撕扯

117 有花树的房子

我一时还难以认出这是什么树

反正是一颗有紫花的树

开放在高楼旁边

也许想说：坚硬的房子

比较禁锢，我们走出家门

就有花草和蓝天

我们总是人为地把自我囚禁

就连想像一下蓝天和爱

都没有大声说出

而外面的世界早就鲜花灿烂了

这是一棵叫什么的树

我还是没有认出

反正是棵树就行了

在风雨中怒放

无论是春风还是夏风

暖雨还是冷雨

也许我们终究无法成为一棵树

也没有花枝震颤

但请打开房门，转动钥匙

穿过楼梯的暗角，在任何时刻

都要和有花的树站在一起

118 草 地

一片普通的草地让我激动

心灵荒芜很久的人

一枝花就让我喜出望外

何况还有蓝天，还有树和绿草

尤其有一朵金钱菊

在风中倾斜，表现得极为出色

我是不是应该倒立着

来看这个世界

才看清它的正面与反面

如果此时有几只蝴蝶

在花上停住，或飞在花丛中该多好

蓝天下有轻灵的翅膀

草地上也抖动它的影子

鸢尾花的几点紫色

把这个夏天装点得婀娜多姿

原来普通的草地

并不普通，世间的七彩

几乎全部占尽，赤橙黄绿青蓝紫

没有黑色和白色，因为它们

埋在我心里已经很久了

119 晒 麦 子

雨后的太阳下，麦子闪闪发光
如彩虹降临大地，诗人是最美的那道蓝

麦子是土地的魂，彩虹是天上魂
我该不该问：诗人是不是生命的魂

一切都没有改变，受伤的诗人
站在麦芒上，蓝天的阴影里画地为牢

一切都已经改变，槐树透过金色阳光
饱满的麦粒是如此宽宏大量

假如没有麦子，没有红屋顶，诗人何为
能否把心中的麦子晒在自由的天空

美好的事物不会消亡，比如诗人和麦子
等待了一个春天，终于不期而遇

120 逆袭

终于，有一个人
或者一群人，被大地命名
我们把脚印刻在道路上
把名字写在水中
我以为，远方和诗属于他人
我们只是普通的草
被风随意折断
但在蓝天和白云的缝隙间
我们昂起头
看远方，阳光很灿烂

多少次沉坐在想像之中
希望草根与树根相连
让枝蔓更接近天空
多少次让灵魂停歇在清晨
试图打开梦的开关
一只鸟飞过，优美的影子
填补山的缝隙，落在枫叶的脉上
早已习惯失败的我们
在这个冬天，逆袭成功

121　一只明媚的猫

你看着我，我想抱抱你

这个冬天有点冷

寒冷的时刻，诗人们

总会激动一些

他们以为：诗歌比较高尚

这真的很滑稽

在这个年代

诗人，远没有一只猫可爱

猫是一首诗，比诗人更值得追捧

万千宠爱于一身

毛发鲜亮，风情万种

一张忽黑忽白的脸

创设性感的语境

眼睛如此明媚

那个黑点，是一只流泪的痣

弄得诗人心生痛苦

我相信，猫此时走进房间

是让诗人也走出家门

呼吸一下新鲜空气

不再继续摆弄

那些不着调的隐喻和哲理

122　一个诗人死在三月

一个诗人死在三月，春分时节

山野的油菜花铺满金黄

笙箫吹断，清夜明月

为回归的鸟儿准备嗓音

一个诗人死了，死得出人意料

没有壮怀激烈

诗人的死都不会壮怀激烈

他没有加入某些合唱

在蓝白色里增添姹紫嫣红

可你却死了，死得孤独

他本可以死在西域雪山上

像一朵戈壁花，或是

一盏酥油茶灯

他的阿依达，像月亮一样美

眨着葡萄般的眼睛

此刻的他，是雪域高原

最美的情郎

他还可以死在秦淮河畔

桃花扇的故乡，扇子是风的骨头

他是江南烟雨的骨头

诗人的血，洒在心灵干净的路上
无限江山，岂是一个美字了得

一个诗人死在三月，我不再流泪
再流就是心里的血
诗人的忧比天下人的忧
总要快半拍，他要跑在第一个
相遇很美，离别也是一种美
带走一切阴影，留下的是光亮
他是在光亮中死去的
在三月，好多亡灵伴你而去
天堂里没有灾难
就请他把美也带去吧
他的名字叫洪烛
永远的烛光，为美而殉情

123 致敬海子

太阳从海面上升起
照亮三十年后的天空
你的诗歌温暖美丽
痛苦的麦芒刺在我心里

你走向远方，我还在这里
不再有以梦为马的年代
天空照样一无所有
人们追逐物质的情人
娱乐至死，我无法安慰你
我连自己都无法安慰

你质问的土地还是荒凉
你热爱的少女已远离山岗
三月，留在村庄里的人
把种子埋得更深
桃花零落成泥，没有芬芳

麦穗闪闪发光，月亮挂在天上
黑夜笼罩空洞的谷仓
你哭过，爱过，希望过，绝望

而我活得平凡

喂马，劈柴，不再流浪

在太阳的芒上

没有传说中的诗歌的王

黄昏，黑色的鸟群

飞入黑夜，远去的兄弟

谁给你安慰

三十年过去，这个世界

已变了模样，唯有你的名字

在无边的天空闪光

梦想走在路上，大风刮过黑暗

我知道诗人会无声无息

诗歌也无足轻重

面朝大海，我不再说

春暖花开

难道我也不能说：我很悲伤

124 蓝花楹，飘在蓝海洋之上

——悼念中国少年天才韦斯理

蓝花楹，飘在蓝海洋之上
蓝紫色的花，如你的生命一样
单纯而空灵，永恒的十六岁
你把花朵留给世界，还有音乐之美
你伴着月光消失在天空
让活着的我们永远仰望，永远流泪

什么样的生命能够孕育那么多美
什么样的智慧才能找到
人间最动人的细节，你的嘴唇
重复呼喊一个词：妈妈
用最天才的指尖，告诉世界：
人类是苦难的，但最终还是美的

其实，生命并不是由时间来完成
而是爱，超越死亡与苦难
灿若星辰，永远闪烁
有人活在地上，因为爱而忧伤
而你活在天上，是一个天使

把爱和美全部留下来，便匆匆远去

蓝花楹，飘在蓝海洋之上
蓝紫色的花，如你的笑容一样漂亮
永恒的十六岁，让我如此感伤
所有的生命都如微尘
偶尔一闪便是辉煌
所有的名字都是用水写的
一梦浮生，步入时光的缝隙
如你一样，把一生活得淋漓尽致

125 这里藏着一块秋天

突然发现，这里藏着一块秋天
金黄的银杏叶，穿过风声
把天空撑得好蓝
在蓝天下行走的人是优美的
踩着落叶，一片碎响
声音如此熟悉，这莫名的快乐
让人忘却季节的冷暖
寒冷一扫而空，风景这边独好
万物浓缩成一片晚霞
夕阳淌在叶脉上，没入秋的灵魂
寂静如此完整，秋虫低语
还有醒着的思想和眼睛
那些阴影的部分就请秋叶回答
此刻，我突然想到初冬
我们的幸福会不会被温暖出卖
或者被花朵背叛
许多流逝的事会不会重现
有时候，人的心灵是扭曲的
本来红色的果子压弯枝条
我却要想像一片破碎的叶子
落在生命的高处

126 秋天的美是难以拒绝的

秋天的美是难以拒绝的
它源于我的内心，在眼波里摇曳
这种美只属于一个人

正如我的爱情，我知道哪一缕阳光
带给我幸福，哪一滴清水滋润我心田
还有哪一阵凉风带给我忧伤

如梦的秋天，我醉心的
不是神秘的红，悠远的蓝，沉默的黄
而是灿烂的秋色里我的回忆

回忆闪烁在风中，难以拒绝
哪怕有人生的暗色，有疼痛的声响
我无法回避，它们是我身体里的一部分

满眼秋色，恍若隔世，唯有生命里
最迷人的细节无法虚构
秋天的韵律，水的节拍，使我怦然心动

季节的美感，直达灵魂深处

我难以拒绝，它不是色彩，也不是光
更不是夜晚的余香，痛的轮回

这个世界，很多时候已无话可说
在无限的秋天，我触摸的
正是流浪人生中，那一片干净

127　我当不了一流诗人，你也不是

我当不了一流诗人，你也不是
我们是否能够做一回自己
天空下的湖水，像镜子一样格外清晰

镜中的我，白发又添了几根
暴风雨之后，从此我就是胆怯的人
庸碌而平淡，如一根草随风而立

用镜子经常照一照自己也好
哪一半脸是微笑，哪一半是泪痕
岁月无情，看看鼻子上是否沾有白粉

我当不了一流诗人，你也不是
那就当个人吧，活着就好
如一根木头，在时间的流水里飘摇

但一些丢失的词汇还是要说出来
比如：脆弱的美，那些不可忘怀的爱
还有我们是否活得自由自在

我当不了一流诗人，你也不是

独守一抹霞光，早晨醒来像活回来一样

不要叫醒我，没看见我睡得正香

128　曲终人散

曲终人散，相逢的美感
传遍四面八方，这一切非常值得
记忆栩栩如生
正如珠江边飒飒的枫叶
美好由细节构成，那些发生的
正在讲述的新鲜事
在深秋里闪现，如突然的星
我们从来都无法预料
这个世界还有什么能打动
彼此的心灵，就像我们
从来都弄不清楚爱是什么
把一切放在时间里，一切留下空白
人生的美感从留白开始
不要辜负一城花朵，这浓重的秋色

一切曲终人散，短暂的
青春欢畅，那些完美的天籁之音
独一无二的表达，让我们沉醉
如同在花城的夜里
喧闹的上下九，我醉倒在
生蚝和啤酒的泡沫里

生命的终极是平静

我们从渴望中来，又在平静中去

在时间的半途

更多的人从沉醉中醒

曲终人散，一切辉煌与失败

相逢与离别，拥有的或者失去的

终将化作过眼的云烟

129　秋日垂钓

蓝天与白云倒映在绿水之上

万物寂静，最响的树

和最闹的鸟群开始沉默

这是我喜欢的状态

很多时候，快乐取决于孤独

远离尘嚣，在水边垂钓

悠然地点一支烟

简单的希望，是一种姿势

我们很多时候，不会收获什么

静水之上，自有羡鱼之情

彩色浮漂是风的标志

抛下香饵和钩，一种诱惑

鱼儿上钩，我很兴奋

接着是网兜，是鱼的生命之痛

这时你会发现

人和鱼的命运是相似的

谁能摆脱那一根长线、一张网

那些诱饵，扭曲的蚯蚓

即使漂亮的蜻蜓立在竿上

美好常有扭曲伴随

一张贪吃的嘴总会上钩

一竿就是清秋，天地由我
就是宁静和沉默
真正的垂钓人，把鱼儿放回水中
给鱼自由，也是给人自由
就像一个钓雪的诗人
在众人皆醉中，他独自醒着
而我是个俗人，钓来
一竿满足，在秋夜
与朋友喝一杯酒，分享快乐
这平凡的感动，看上去异常亲切

130 一夜秋风

一夜秋风，我感到生命之美
秋天的美是内心的美
天空是真的好蓝，枫叶变黄了
在地上落满金币
满山红叶，天高云淡
秋天是真的美好，岁月也美好
我的爱人也美好，正如
读着兄弟们的诗，很爽很美好

可世界才不管我美不美好
秋天照样来了，不会管我冷与热
不会管我是爱还是不爱
生命脆弱而短促，渺如烟尘
瞬间消逝，没有谁
会关注在大雨滂沱的时刻
雨中的一粒沙子是否有金色
在秋叶落满草地的时刻
有谁会关心一只蝉是否还在秋鸣
在冷风掠过山恋的时刻
有谁会在意花朵落了多少
一夜秋风，一夜
就让这个世界，变得面目全非

131　端午节

今天是端午节，我不想说

什么快乐之类，我们没理由快乐

一个诗人死了，真正的诗人

路漫漫其修远兮，吾将上下而求索

他原本不需要求索

他可以做个安分的三闾大夫

就是犯了罪也刑不上他

要么做个喜欢香草美人的诗人

每天吟甜腻的颂诗

像今天的许多诗人一样

献媚楚王和妃子

至少也可以与成群的妻妾骚个情

朝饮木兰之坠露兮，夕餐秋菊之落英

说不定也可以在青史上

搞个艳遇，至少留个艳名

何必长太息以掩涕兮，哀民生之多艰

屈大夫毅然地死了，死于

世溷浊而不分兮，好蔽美而嫉妒

世人皆醉唯他独醒

他投水汨罗，据说身子被鱼吃了

只有头颅飘回故乡秭归

还是老百姓善良呀

把仅有的口粮投入江中，让诗人回家

从此，中国有了一个节日

一个让人思念的节日

每年的今天，江水上龙舟竞渡

披红挂绿，锣鼓喧天

扬云霓之晻蔼兮，鸣玉鸾之啾啾

诗人以死的方式

为百姓带来浩荡与满足

奏《九歌》而舞《韶》兮

聊假日以媮乐。浮游以逍遥的人

总得找个日子吐一口快乐吧

江水如镜，周流观乎上下

模糊的世界，天空清白而澄明

132　今天，我很青年

成熟是痛苦的，我期待幼稚的时刻
那时我很快乐，我几乎每天
都想追逐月色和桃花，酒和情歌
或者到千里之外去等一个人
或者与世界打一架
把诗歌写得缠绵又多情
希望女孩落泪，那样我可以假装
像个导师，等她天天来请教我

成熟使我变成另一个人
我装着很努力，把一些高端的书籍
放在桌上，等待别人来看
每一次说话都挑词选句，很斟酌
半天后，再说一些自己
都不相信的话，然而抬眼看周围
一些疑问的目光，本就不想让人听懂
那样我更高深莫测
即使有些爱恋的感觉或者冲动
也藏在心中，或者只在诗歌里说说
活得很累，很猥琐

今天，我终于可以活成自己了
管他的，别人如何看我
孤独了就去抽一支烟，也不管老婆
如何啰嗦，或者去喝一顿酒
醉了就醉了吧，反正长时间装蒜
没有胡闹过。心烦了
就可以骂一骂世界，或者一些
忸怩作态的诗人和学者
我把枕头拿到客厅
老子要深沉一会儿，要不要
模仿一下张枣，让梅花落下来
至少也写几句海子，让春天开一次花
今天我很青年，真正的青春似火

133　六·一儿童节

如此幸福的一天
诗人说：世界上没有什么东西
他想占有。但我不同
我希望世界上最美的东西
都让你占有，花园与红玫瑰
彩气球和葡萄，爱与歌谣
还有大海和帆，平静的日子
孩子，我不能让你重复
我的童年，我没有六·一节
那些日子，我走在街上
被邻居的孩子欺负
还不敢告诉妈妈，她会很难过
我的全部六·一
是在委屈和眼泪中度过的
我不能让你重复

我想让整个世界的欢乐都属于你
你的眼睛所看见的
只有花朵和流水，蓝天与阳光
我知道这无限的宠爱
会让你失去人生的防备

不认识风雨和寒冷，还有谎言

但谁让我这么爱你呢

谁让我从小就不知被爱的滋味呢

不想你活得像我一样沉重

孩子，我不求你长大后

成为一个什么样的大人物

能养活自己就行了

可以不完美，有好多缺点

不懂音乐和舞蹈

不会写诗，甚至不会外语

但你要学会爱和善良

这世上最珍贵的东西，你必须拥有

如此幸福的一天，我这般爱你

是让你把爱还给这世界

小草、露珠，小猫还有小鱼

还有飞翔的鸟和虫子

这样，所有幼小的生命也都拥有爱了

134 诗人节

尽量把诗写得美些，搞些留白
每首诗都有花朵和风雨
春意阑珊，冬雪秋梦
偶尔弄几个脏点的词汇
袒露一下灵魂，也是可以的
要么直接表达，要么隐喻和神秘
让读者抓头皮，让女读者迷惑
最好还痛苦一会儿
好让诗人下手，生活那么直白
紧巴得一针见血
所以尽量把诗写得美些
潦草的人生读些美诗
也是极好的，如果能写出
一两句似乎哲理的话要自鸣得意
启发胡乱的人类
让我们活得有些腻歪，不那么苦哈
我一直不明白
诗人是一类怎样的种群
智力不高，胸无城府，还自以为是
总想把世界写得美些
否则对不起脏裤子的破洞
还有手上尼古丁的苦味

135 春 分

春分是一条线，平分白天和黑夜
如两只站在河边的相思鸟，彼此相望

季节如此分明，但人的类别是看不清的
流水洗不干净自己，红与黑难以分辨

更分不清流泪的脸，是忧伤还是感动
那莫名的笑，谁知道眼白的后面藏着什么

反复的春天，一丝痛刺在骨头里
万物忐忑在风中，有一缕光照耀生命的方向

我如一枝蝴蝶吊兰，在陋室里孤傲一刻
我不是故意与春天分离，是没有办法

多么想去广阔田野，野上一阵子
太阳直射在头顶，脸与阳光同一颜色

136 一场谷雨的雨

静待雨的声音，是上天的抚慰
还是神灵的召唤，这个春天有点短
冬天的那些事还没有说完

蚕豆花开得很蓝，天空也很蓝
一切都已经改变，活在春天里的人
痛的或者爱的都需要勇敢

这场雨说来就来了，雨生百谷
驱虫纳吉，茶树在雨中茁壮生长
受伤的灵魂站在茶叶上

暮春的雨不会下得很长
一只鸟在雨的窗口观察风向
有谁告诉我，该看天空的哪一方

137 立夏的风

立夏最激烈的动作是风，风从云中来
初夏的风留下撕扯的痕迹
在天上吹动北斗，在水上吹破月色

斗转星移，总有一场暴雨下得漫长
新麦在雷霆中生长，心在闪电里受伤
立夏的风，把生命解释得如此敞亮

我不敞亮，我怀疑风掩盖了夜的消息
真诚或者虚伪，新与旧，在雨中扑朔迷离
此刻，我们能否有雷雨一般的勇气

无论风朝哪边吹，从东方还是西方
你有你的，我有我的自由的方向
等待樱桃和石榴红了，再来大醉一场

后　记

我总在说：人生的一切都是出自于偶然，谁也不知道明天会发生什么。就像出版这本书，就是一棵偶然的树结出的偶然的果子。假如 2020 年 1 月我没有去珠海，假如我没有在那里结识一位写诗歌并且编辑诗歌的人，偶尔还喜欢我曾经写的几首诗，也许就没有这本书，就没有把自己重审一番的机会。像这本书的名字——《剑与花》，也是一个朋友偶然为我想到的，她认为，我在"七剑诗群"里叫花剑，住在花城广州，还经常在朋友圈里叫花城李大帅，因此，《剑与花》既是一种纪念，同时也是我诗歌的格调和理念，有剑有花还有爱。正如我在《结婚纪念日》中这样写道：

> 我们总是错过最美的时刻
>
> 在最邋遢的日子里
>
> 遇见一个能够忍受你的人
>
> 别以为是什么缘分
>
> 或者上天注定，爱是一种偶然
>
> 在某一时刻，如两朵牵牛花
>
> 胡乱牵扯在一起
>
> 变成欲望的喇叭，如此简单

其实我写诗也是偶然发生的事情。1979—1983 年，当时我在华中师范大学外语系就读，刚好我的一位美丽女同学认识中文系的蒙蒙大姐，而这位蒙蒙就是著名诗人、"七月诗派"的代表人物曾卓先生的女儿，她看我还能写出几句有韵的句子，就把我带到了她的家里，那是我第一次上曾卓先生的家，我记得是一个两层木板房，先生斜靠在一张破旧的藤椅上，他对我说我还有点诗歌天赋，如果能坚持就有可能成大器。但我不成器，辜负了先生的期望。通过先生，我认识了武汉大学著名的高个子赵林教授，那时他还是个刚毕业的学生，在他那间黑暗的小屋里，他把我模仿江河和北岛的诗歌骂得皮无完肤，他说如果诗歌都写得词大调高，还不如写个表扬稿来得直接。通过曾卓先生，我认识了当时很有名声的高伐林和王家新，他们当时是武汉大学的诗歌先行者，他们给了我一本油印的小册子，高伐林和王家新的诗歌让我打开了一个新的世界，他们的诗歌风格对我的诗歌写作影响很大。

曾卓先生告诉我：做人要做一棵"悬崖边的树"，先生的坚毅和宽容影响了我的诗歌性格，而高伐林的豪放与雄阔使我打开了诗歌的眼睛，王家新的清雅和深厚教我如何抒情，尤其是每当我发表或者评论诗歌的时候，我总是想起他们当时的教诲，把诗歌写得不那么小气，更不会写得那么幽怨。于是在华师，我们就有模有样地组织了一个"桂子山诗社"，当时与杨皓、李朝晖、胡伟、舟横划（周恒发）等兄弟们一起玩，他们都不是外语学院的学生，我们经常在一起写诗，还把诗歌贴在华师第三食堂的开水房墙上。通过做这些事情，就自然而然地受到了华中师大诗歌的开拓者赵国泰先生的关注，我几乎每周都到赵老师家里去，围坐在火盆旁边，听赵国泰先生讲诗歌与创新，还有兄长郭良原的帮助，是赵先生帮助我修改诗歌，郭兄长把我的诗发在华师的校刊《摇篮》上，随后我也加入了《摇篮》，受唐昌宪兄的领导，一起写诗与朗诵诗，几乎每天中午，学校广播台都听到著名的韩冬和向萍朗诵我的诗。这一切，今天想起来还历历在目，可惜我辜负了他们的期望，没有在诗坛混出个名堂来。不过，写诗影响了我的性格和做人的行为，我宽容而豪放地对待别人和身边的世界，因为这个世界是不完美的，甚至是残酷的，而诗人正是在不完美的世界里寻找完美的结局。

我第一次正式发表诗歌是在1982年12月，当时发表在武汉作协出版的一本诗集《绿》上，也是曾先生推荐的。我发表的诗歌叫《我来自北方》，当时非常激动，在那个夜晚，我在一棵桂花树旁边走了一个多小时，觉得自己是一个诗歌王子，一定还有美丽公主在远方等待我。但是这一切都没有发生，更没有美丽公主在等待我，而是我的严厉的辅导员在批评我，说我不务正业，在接下来的十多年里，经常有领导说我不务正业，仿佛写诗的人就是吊儿郎当的纨绔子弟。我之所以在未来的日子里，勤奋工作，努力教好书，做一点学问，还写了上千首诗歌，出版了十几本书和教材，还有两本诗集（都是英汉双语的），发表了几十篇论文，就是想证明他们是错的，一个写诗的人也许比其他人更加努力，更有情怀。这有点小气，但每个人都是平凡的人，偶尔小气一点也不是什么大错，才是正常的人生。其实，我非常感谢他们，如果没有他们的批评，我哪有那么多勇气坚持下来。在生活中，有那么几个让我感到不太舒服的人，会让我活得更加清醒。

我在这里特别要感谢《飞天》杂志的张书绅先生，我当时寄了一组诗歌《中国，在建楼房》给他，他很感兴趣，并且到武汉来与我交流，我记得在万松园的宾馆里，他告诉我中国诗歌要摆脱传统的表达方式，要有一个全面的改观，他介绍了肖开愚和周伦佑的诗歌给我，还有梁小斌和多多的诗。最后这组诗歌还获得了那一年的"大学生诗苑"奖。我在后来得过很多诗歌奖，但这个奖，我无论如何要提到，我认为是我人生中得的最重要的奖了。张书绅先生是20世纪80年代中国大学生诗歌的引领者，没有他，中国的大学生诗歌不会有如此地发展，现在的中国诗坛，几乎所有重要的诗人都来自《飞天》的"大学生诗苑"。那一年，与我一起得奖的有于坚、人邻、简宁、曹汉俊、张子选等。在这里，我祈盼张书绅先生在天国安宁。

我还要感谢吉林大学的徐敬亚、华东师大的张小波、宋琳、黑龙江大学的潘洗尘、中山大学的辛磊，还有辽宁大学的刘兴雨、林雪，以及朱凌波等朋友帮我推荐。尤其是徐敬亚，用长方形的便签写信鼓励我，他的斜体字至今难忘。我还保留着他们当年的照片，中山大学的辛磊已经离世，他那孩子般稚气的字一直是我心中最美的字体。所以，我一直认为，一个人成长既有个人的努力，也有朋友们的帮助，一个人是无法立足于这个世界的，尤其是那么浮躁和现实的世界。由于一些帮助过我的朋友有几个已经离世，所以我比较擅长写悼念诗歌，比如那首纪念海子的诗歌。在这里，我祈盼所有在天国的朋友安息，天堂里也有灾难，希望他们过的好！

> 梦想走在路上，大风刮过黑暗
> 我知道诗人会无声无息

诗歌也无足轻重

面朝大海，我不再说春暖花开

难道我也不能说：我很悲伤

　　我尤其要感谢兄长郭良原先生。他当时在《湖北日报》副刊
当编辑，是他编发了我比较重要的诗《我是青年，我不能忘记》。
这首诗歌被编入了 1983 年的《中国新诗年编》，也是他推荐的，
应该说是催促我继续写诗的助推器，使我获得了心灵的力量，我
知道我的一生会时刻与诗歌为伴。在 1985 年，我的诗歌还被编
入了诗刊社的《1985 年诗选》，那是我第一次在《诗刊》上发表
诗歌，据说是刘湛秋先生推荐的。在这里，还有感谢我的同学和
兄弟——《湖北日报》的韩少林——他现在是湖北报业集团的老
总。那时他刚从华师毕业，在《湖北日报》副刊做编辑。那时，
我刚好分配到湖北黄冈，我们几个黄冈写诗的青年偶尔聚在一起，
有张凯、熊明修、胡昕、耕夫、巴岸、姚海燕等等。在丁永淮先
生的组织下，在韩少林的积极推动下，我们在《湖北日报》发表
了两大版的“大别山诗会”，这种辉煌的记忆是无法忘记的。更
有《长江文艺》的谢克强先生，一直以来帮助我创作，在他主编
的期刊上，我发表了十几组诗歌，我几乎所有重要的大别山诗歌
和巴河诗歌都是在他手上编发。所以，借此机会，祝愿谢克强先
生身体健康，万事如意。我还要感谢《星星》的梁平先生和《诗
歌报》的乔老爷子，是他们帮助我第一次上了《星星》和《诗歌报》。
那是非常幸运的事情。我记得还出现了一点小插曲，当时我在《诗
歌报》上发表了组诗《农人》，其中一首被一个甘肃的作者抄袭，
我当时年轻气盛，就给《诗歌报》写了揭发信并骂了编辑，当时

乔老爷子还安慰我，最后以那个作者给我发来道歉信结束。当然还有很多诗坛旧事，那些疯狂和风光的日子，诗人之间的爱恨情仇就不一一赘述了。它们藏在我的心里，每一次想起，我就感谢这些在我生命中重要的人，是他们一步步推着我前行。

我从1988年就不再写诗了，虽然后来几年也发表一些，但大都是之前写的。一是因为我刚有了儿子，我想他活在一种平静和平凡中，但最主要的是某些诗人的生活变故，深深地影响了我，我当时在一所大学里教书，领导的眼睛总盯着我，所以我索性放下诗笔，开始做论文和写教材了。我从讲师、副教授、教授一步步走来，总算在学界里混出了一点名堂。2003年，我从湖北调到了广州，我极力掩藏我还能写点诗歌这个能耐，连我的同事和我的学生都不知道我原来还是个写过诗的人，只知道我能把诗歌朗诵得动人心魄。人生有时就是无奈，但我们可以从无奈中找到自我心灵的美感，所以我在任何一个单位都过得很好，尤其是领导比较喜欢我这种没有野心但还努力的人。但我心里总是放不下诗歌，放不下最初的情怀。所以，在2017年11月，我参加了我的学生、北京诗人余尘组织的回顾性的"大别山诗会"，在相隔二十多年之后，再次见到我的一些老友们，比如：胡昕、姚海燕、胡晓光、耕夫、胡秋子、许晓武等等，尤其是见到了诗人和编辑家胡泊先生，我与他神交已久，第一次相见便一见如故。非常感谢这些朋友，在我人生的某一个时刻，是他们帮助了我。作家邱汉华就笑我，不知是哪一根神经错乱了，怎么又开始写诗了。我2017年发表的主要诗歌就是《我的巴河》，是我在停笔二十多年后的第一组诗。在《中国诗歌网》头版出来后，评论家耀旭先生和作家邱汉华先生为这组诗歌写出非常精彩的评论。这里要感谢中国作协会员、诗人纯玻璃，还有发表这组诗歌的胡泊先生。

接着就是"七剑"了，同样是一个偶然的机遇，2018年6月，澳门大学的龚刚教授认识了我的同学徐建纲教授。由于他个性突出，总是标新立异，所以龚教授为他专门弄一个小群。谁知把事情弄大了，弄的有点出人意料，徐建纲从小群里退出了，而迎来了唯一的女剑客——"柔剑"张小平教授，因此，就从一个小群变成了今天的"七剑诗群"了。我们在一起出版了两本书，发表了一些诗歌和论文，在国内外都有发表，还开设讲座，尤其还煞有介事地搞评奖活动，推动诗歌的发展。很多朋友都非常关注"七剑"，并慷慨地提供赞助支持"七剑"。《作品》期刊和广州电视台《视点》栏目专门进行了推介，同时也引起了文坛和诗坛一些大咖们的关注和鼓励，尤其像谢冕、芒克、杨克、陈希、王晓明、万俊人、曹宇翔等教授和专家的认可。其实，我们"七剑"见面极少，有的还未曾谋面，就像我在《七剑兄弟的一天》里所写的那样：

刚降落，一场雾霾等着我
幸好心里流淌着，柔剑的伊河
霜剑和问剑，据说躲在山中
现在也不知干些什么
断剑的上海，华灯初照
远远望去，一条流不动的河
论剑飞到香港逛逛，满脸幸福
陪伴的，是霜剑的美丽师母

没想到灵剑也在飞机上

去纽约，明天在美利坚

给美女们讲七剑

向山姆叔描绘诗意的中国

而我还在去虹口的路上

不忧伤，也不快乐

七剑兄弟，在三大洲纵横

天空辽阔，灵剑在美洲讲戏剧

论剑在购物陪老婆

柔剑在康河授课，霜剑在银行存钱

问剑帮女人洗碗

断剑在谈生意，打乒乓球

唯有我花剑，在漫漫车流中

等待，肚子还饿

七剑就是几个奇怪的家伙

见面很少，在人群中

也许还互不相识，擦肩而过

却像上帝一样思考

又如凡人一样生活

所以，我说生命里的一切大都出自于偶然，我的所谓的诗歌生涯就是一个偶然的事情。但是我从来不相信偶然，其实在冥冥之中有一种必然的存在，你在某一个时刻，某一条街的拐角处，在某一个傍晚或者黄昏，会遇到你生命里的贵人。因此，借此机会，对所有帮助我的人表达深深地感谢。写这个后记，原本想弄出点理念和思想来，但写着写着就写成了回忆了。我觉得这样做也许更为重要，一本书就是一段人生故事，我们能够过得很好，就是不要忘记那些在生命里帮助你的人。虽然在随后的二十多年间，我与很多人几乎没有来往，也许他们不记得我的名字，这些并不重要，我记得他们就行。

诗歌对我来说，既不是生命的觉醒也不是名声的敲门砖，只是我表达自己、与世界对话的一种方式，也是我记忆友情和爱的一种方式。因为我知道文学不能拯救世界，诗歌也没有说教的功能。在诗歌日渐式微的今天，千万不要幻想由诗歌来图解所谓哲理，更不要期待诗歌能解答生命的主题。在诗歌审美标准混乱，泥沙俱下的今天，无论我们有什么样的语言或者表达方式，我们诗歌追求的应该是精神的构建，即诗歌灵魂的纯洁与诗歌精神的硬度。我们诗人更应该善于在解剖世界的同时也解剖自己，在关注内心自省的同时也关注周遭的世界，从而达到灵魂的自由与个性的解放，帮助诗人抵达精神的家园和灵魂的居所。所以，我写的每一首诗歌，我首先考虑的是，我能否表达出普通人的生活和周遭世界的真实，还有我的诗歌里是否有一种精神性的东西，而不是用什么语言和形式，也没有什么先锋和落后的概念。如果我们写一首诗时，就去想这些东西，我们的心不免有桎梏，就无法完全自由地表达自己，写出来的东西一定是没有什么意义的。但如果我们的诗歌表达的是读者内心的东西，与他们一起感动和思考，诗歌是什么形式就不那么重要了。我主张诗歌语言在外放时寄托于象，有所不足复寄托于言，因而意、象、言有着主从相协的一致性，也就是说，意对象、对言具有绝对的支配和统领作用，象和言永远为诗意服务。三国时期的哲学家王弼在其《周易注》中早就指出言意关系是双重性的，"顺向则言意相合，言以尽意，寻言观意；逆向则言意相悖，得意必须忘言，忘言方能得意"，这就是"得意已忘言"吧。

另外，我写诗非常注重平凡生活的存在，而不是形而上的东西，那样读起来容易让人不知所云。我曾在一篇介绍诗人张凯的文章里谈到，人类的忧患意识常常形成在具体的情景当中，是要诗人和作家对现实的经验进行反省。当我们面对着不安全的世界，这种忧患的凸现显示了人类精神的跃进，它的激荡使人类从人对神的敬畏和依赖转而诉诸于人类自身主动的反省和努力，这种民族道德意识和生命意识已成为中国文化的主流。这种忧患绝不是生活的匮乏和个体生存发展上的痛苦，而主要是内在精神生活的缺憾和人类群体生存发展上的困难。如果我们的诗人和诗歌能够更多地从风花雪月中走出来，从诗歌艺术的艺术中走出来，能够花大一些的力气来关注、适应庸俗和浮躁的现实生活，也许我们会发现，我们的个人生活和家庭生活原来还有更加广阔的一片天地。在这片天地里，诗人面对生活的困窘和诗意的贫乏，就会感受到某种心灵的冲动，并把它储藏在记忆之中，成为个人生存感受的一部分，从而也能变成一首动人的人生篇章。所以我尽力把诗歌写得通俗些，写得更加接地气。有很多人主张诗歌要有王者和神性气派，仿佛诗人就是拯救世界的人，是思想的指路明灯，这就是很多写诗的人的浪漫和无知所在。

著名诗人王家新是这样描述诗人的。他说："苦难和孤独可以产生诗歌的神圣性，但诗人的孤独，有的是外部社会原因造成的，但更多的是诗人自身命运创造出来的，所以，对孤独的理解和接纳，与他们自我人生的选择有关。"我认为，王家新的言说是有意义的。因为，无论诗人是否经历过苦难，但真正的诗人绝不像一般人一样浮在生活的表面，他们能够进入到生活更本质的层面，这便要求诗人保持一种独立、自由、责任的精神禀赋和人格姿势。而读者对诗人和诗歌接受和认同，则根植于每个读者的痛楚和柔软的内心。但现在有相当一些诗人只懂得宏大叙事和大词说教，总把自己当成一个时代的歌王和圣者，内心当中总有那么一种不自觉的傲慢，也许口头上也挂满温情。我一直不能接受诗人是歌王，诗人是圣者的说法。我认为，诗人是一个最普通的存在，是一个尽力用艺术的方式，表达最普通生活和普通世界的写作者。诗人作为这个世界的一员，灵魂深处并不比一般人更加高洁，也许有的更加猥琐，而那些总把歌王和圣者挂在嘴边的诗人，不可能代言这个时代，也不是一个真正的人文主义者。因此，人文主义意义上的诗人是独立的，同情弱小的个体。诗人概念的真正精髓，是以同情心和怜悯心关照并体察被大词遮蔽的个体苦难。

我写诗完全是一种爱好，并不是我每天都要干的事情，我非常羡慕那些一天写出好多首的诗人，我缺少这样的才华和勇气，我有时经常对自己说：灵感这个东西与我无缘，我只有修改再修改，学习再学习，我几乎每首诗都会修改到五六遍，有时改得面目全非，也许这样还能写出一些让人感动和共鸣的句子来。我宁愿十天写一首，而不会一天写十首，我觉得如果那样是对诗歌和自己的不尊重。我觉得中国诗歌目前的混乱状况是一种非常自然的现象，是一个社会在大变革当中必然产生的一种现象。

此外，我还特别要感谢著名评论家、中山大学的博士生导师陈希教授鼓励性地为我赐序；感谢暨南大学翻译学院院长、书法家、博士生导师赵友斌教授为我的诗集题字；感谢南京大学出版社上海分社的黄社长、吴副社长，还有责任编辑；感谢我们"七剑诗群"的所有兄弟们；感谢诗人、《情感读本》主编胡昕先生；感谢诗人、评论家耀旭先生；感谢作家邱汉华先生；感谢所有帮助我的朋友们，是他们的帮助才使这本诗集得以出版。我还要感谢我的夫人李亚兰女士，她是我诗歌的第一个读者，总是用她的火眼金睛找出我的不足，还帮我寻找许多新鲜的观点和感受。

我还要感谢仲恺农业工程学院的领导和同事们。他们是：校党委书记宋垚臻教授、校长程萍教授、副书记邱亚洪先生、副校长田允波教授、朱立学教授；我的好兄弟林矗教授、王厚俊教授、陈葆教授、方凯教授、严志云教授、柳建良教授等；廖颖书记、曾献尼部长、唐明勇处长、陈丹雄书记、周遗品书记、熊友华书记等；我们外国语学院的全体领导、兄弟们和伙伴们。他们的支持、鼓励和帮助使我在仲恺农业工程学院找到了属于自己的声音和激情。

我还要感谢中山大学外国语学院院长、博士生导师王东风教授；江西师范大学首席教授、博士生导师、杰出云山学者、著名评论家唐伟胜教授；全国五一劳动奖章获得者、著名律师余尘博士，特立独行的诗人、"诗佩拉"诗歌形式创造者、深圳大学的张广奎教授；"撒旦派"诗歌实践者、湖北三峡大学徐建纲教授，湖北黄冈师范学院的童彦教授等；我在近四十年的教书生涯中所遇见的学生们和同事们；在微信圈里经常给我鼓励的诗友们。他们的帮助和友情使我在诗歌创作和批评上更有信心，在文学的时光中走得更加坚定。总之，一个人能平安地度过一生是一件不容易的事情，我在人生的旅途中能够与他们相识、相知，我由衷地感谢命运。

李磊

2021 年 6 月于花城